敢凭诗酒论湖山

汤云柯 著

汤云柯格律诗选

中央编译出版社

图书在版编目(CIP)数据

敢凭诗酒论湖山：汤云柯格律诗选 / 汤云柯著.
—北京：中央编译出版社，2015.1
ISBN 978-7-5117-2418-2

Ⅰ.①敢⋯　Ⅱ.①汤⋯　Ⅲ.①格律诗–诗集–中国–当代
Ⅳ.①I227.7

中国版本图书馆CIP数据核字(2014)第288883号

敢凭诗酒论湖山：汤云柯格律诗选

出 版 人：	刘明清
出版统筹：	董 巍
责任编辑：	冯 章
策　　划：	董保军　张天罡
特约编辑：	于建梅
版式设计：	任国荣
印务监制：	卫海波
出版发行：	中央编译出版社
地　　址：	北京西城区车公庄大街乙 5 号鸿儒大厦 B 座　(100044)
电　　话：	(010) 52612345（总编室）　(010) 52612351（编辑室）
	(010) 52612316（发行部）　(010) 52612315（网络销售）
	(010) 52612346（馆配部）　(010) 66509618（读者服务部）
经　　销：	全国新华书店
印　　刷：	北京盛天行健艺术印刷有限公司
开　　本：	155 毫米 ×240 毫米　　1/16
字　　数：	80 千字
印　　张：	22
版　　次：	2015 年 1 月第 1 版第 1 次印刷
定　　价：	39.80 元
网　　址：	www.cctphome.com　　**邮　箱：** cctp@cctphome.com
新浪微博：	@ 中央编译出版社　　**微　信：** 中央编译出版社 (ID：cctphome)
淘宝店铺：	中央编译出版社直销店 (http://shop108367160.taobao.com/)

本社常年法律顾问：北京市吴来赵阎律师事务所律师　　闫军　　梁勤

目录

序言 /001

山水篇　碧浪白沙千尺画 /007

南宁青秀山 /008

青海湖 /010

七律·长白山天池 /012

七律·漓江 /014

夜游两江四湖 /016

七律·京东大峡谷 /018

秀山听乐 /020

重庆印象 /022

题三娘湾海豚 /024

七律·黄姚古镇 /026

五律·登圣堂山 /028

七律·大明山游记 /030

南昆山绝句 /032

题琼海玉蟾宫 /034

宿大明山 /036

大明山佛光 /038

西藏印象 之一 /040

西藏印象 之五 /042

七律·题金鞭溪 /044

黄金水道行 /046

题黔江名胜"五马拦江" /048

西湖夜饮 /050

太湖行 /052

黄果树听瀑 /054

题青岩古镇 /056

游西江苗寨 /058

缅甸印象 /060

白沙吧岛游泳 /062

七律·马尔代夫度假 /064

夜游象鼻山 /066

阳朔西街夜饮	/068	题天山天池	/098
秋夜篝火	/070	海边烤串	/100
大明山观日出	/072	怀柔垂钓	/102
游野鸭湖湿地	/074	澳洲行 之一 潜水观鱼	/104
游杨美古镇	/076	澳洲行 之四 七律·澳洲回眸	/106
七律·潭柘寺春行	/078	游乌金塘水库	/108
登崂山华楼峰	/080	五一踏青	/110
题非洲巨树	/082	夜宿丰盛寺	/112
题重庆北温泉	/084	题文莱红树林	/114
夜观涅瓦河开桥	/086	题九溪烟树	/116
西贝柳斯公园小憩	/088	游亚马逊水上森林	/118
游松恩峡湾	/090	乘舟访印第安土著	/120
阿咏河漂流	/092	腾格里沙漠记游	/122
大明山赏花	/094	宿金蝉岛	/124
津郊采摘	/096		

抒情篇　红黄诗句写秋风　／127

七律·灯火黄浦江　／128
七律·圣诞童谣　／130
题南宁中山路夜市　／132
七律·重登五台山　／134
普陀山拜观音　／136
百色品茶　／138
游天涯海角　／140
五律·国哀　／142
七律·亲历灾区　／144
兴科十周年　／146
七律·诗魂——海子二十周年祭　／148
北川老县城　／150
七律·灾区周年再访　／152
论道　／154
五律·中秋　／156

题汗血宝马　／158
访阳明洞　／160
缅甸大金塔　／162
七律·世博会观感　／164
三亚南山寺　／166
七律·新年祭父母　／168
七律·迎辛卯新春　／170
七律·有感本·拉登之死　／172
题曲阳定瓷　／174
七律·国庆随笔　／176
香山秋题　／178
新年寄友　／180
巴厘岛观潮　／182
梨园赏花　／184
七律·保钓　／186

怀古篇　青山依旧枕长流　/201

京郊培训　/188

题雪中梅花　/190

品酒宴记事　/192

登重建鹳雀楼　/194

巴西看世界杯有感　/196

悼贤亮老师　/198

七律·登山东蓬莱阁　/202

七律·云冈石窟　/204

七律·回望古滇国　/206

五律·丽江古城　/208

七律·刘公岛　/210

题花山壁画　/212

七律·灵渠怀古　/214

雨中游王城　/216

七律·成吉思汗　/218

寒山寺　/220

七律·钓鱼城怀古　/222

端午怀屈原　/224

重登泰山有感　/226

游曹雪芹故居　/228

七律·游泰姬陵　/230

命题篇　与君持酒唱离骚　　/257

七律·吐鲁番　/232

雨夜读史　/234

七律·雨中祭西夏王陵　/236

七律·观南宋皇城遗址感怀　/238

七律·兰亭怀古　/240

七律·游吴哥窟　/242

过古烽火台　/244

七律·莫高窟　/246

七律·登嘉峪关　/248

拜解州关帝庙　/250

题黄河铁牛　/252

题张掖卧佛　/254

赠砚附诗　/258

和新茶诗　/260

和卧佛山庄诗　/262

七律·新春兄弟酒会　/264

广西奇石命题　之一　/266

广西奇石命题　之三　/268

龙脊梯田　/270

题贺远风水　/272

咏玉　/274

举酒同贺　/276

立秋遥寄　/278

题封仪坊大圆桌　/280

坝上纵马　/282

题茅山别墅　/284

新浪微博题图　之一　烟雨民居　/286

新浪微博题图　之三　长堤水色　/288

月夜观潮 ／290

题徐公牡丹图 ／292

邕江畅饮 ／294

和孙老师茶禅诗 ／296

应四季对联诗 ／298

生日宴即席 ／300

端午垂钓 ／302

题赠九连山生态坊 ／304

总评之一 红尘纵使能蔽日
　　　　　总有心灵一片天 ／307

总评之二 万古人生何所有
　　　　　群山静夜满星天 ／313

总评之三 风流代有金兰事
　　　　　不负韶华万古诗 ／317

附一　成长轨迹 ／323

附二　一九八二 行者如歌 ／335

附三　点评者简介 ／339

序言

　　云柯的古体诗集终要付梓了，不胜欣慰。我与云柯是二十多年的至交，相知甚深。他从小有诗才，十二岁就有："春染千山绿，夏映万水蓝。秋点高天远，冬打大地寒。"的颇有气象的童蒙诗。及长，十六岁赴清华求学，"依依拱手谢家园，一夜飞车过大关。"时逢改革开放，乘思想解放之风，领独立思考之先，蕴家国之情怀，树任重道远的弘毅之志。期间经过政治风雨的洗礼，度过清华本硕博十年寒窗，终成博学之士。

　　古人云：文如其人，诗如其人。云柯性格豪爽，为人正直、宽厚、乐群，一生朋友遍天下，许多诗是为朋友写的。好友海宏近耳顺之年喜得千金，云柯贺道："春来放马意如何，浮酒太白宜作歌。风雨半生喜天命，连城一璧可敌国。"将友人喜得千金的心情，描述得十分形象、生动，颇有杜甫"白日放歌须纵酒，青春作伴好还乡"的气韵，也充分体现了云柯视朋友乐为己乐的情怀。我们共同的挚友吴兴科去世十周年，云柯写下感人的追思诗："谈笑音容何处寻，碧宵谁与论当今。一壶浊酒十年泪，洒向苍天换旧琴。"好个"一壶浊酒十年泪，洒向苍天换旧琴。"痛彻心扉之感呼之欲出，读来不禁令人怆然神伤。兴科泉下有知，恐也长泪难禁。

由于我们是诗词同好，平时唱和颇多，也常常讨论诗词今后的发展。我们以为，诗词创作始终应以美学为基础，不论豪放或婉约，都应以美学为依皈。写诗最忌匠气，最重真情实感，还要强调赋、比、兴，要诗兴飞扬，神思妙想。好诗要有诗眼，一首诗里能有一句诗出彩被人记住，这首诗就算成功。由于时代变迁，汉语的音韵平仄已有很大变化，审美主体也在变，固守平水韵的音韵格律，已难以适应时代的发展，诗词音韵应以现代汉语拼音的读音为主，适应大多数人的阅读习惯，要让现代人读起来既符合格律之美，又朗朗上口，通顺流畅。

王国维先生认为："诗以境界为最上，有境界则自成高格，自有名句。"云柯的诗，十分大气、清雅，不拘一格，境界高古。如："大漠横云秋气寒，潇潇暮雨落萧关。十朝分鼎震辽宋，千载遗丘悲逝川。功业已堪埋古冢，风华不舍觅胡旋。黄沙一曲王侯梦，犹自笳声绕贺兰。"大漠横秋，暮雨萧关。诗人站在西域古城遗址边，面对漫漫黄沙，幽思千载，仿佛看到当年"马作的卢飞快，弓如霹雳弦惊"的铁骑军旅在大漠上的戮力厮杀，看到王侯将相酒宴上的胡旋劲舞。又似乎听到苍凉的胡笳在环绕贺兰悲鸣。然而，一切都是过眼云烟，所谓的十朝分鼎、称雄一方，不过早已变成遗丘古冢，千年一梦罢了。此诗是典型的边塞风格诗，豪放、古朴，既有大漠横秋、萧关暮雨的宏大、辽远、苍凉的现场感，又有跨越千年的历史厚重感，可谓诗中佳品。再如，"闲看千秋事，清风煮绿茶。诗心脱酒色，落笔一天霞。"诗人把千秋事、清风、绿茶、诗心、酒色、落笔、红霞组成一幅画，又将哲理、心情、感怀、气韵贯穿其中，一气呵成，读后令人非常惬意，有一种既感悟哲理而又快意人生的感觉。

云柯毕业后，一直在商海弄潮，他虽志存高远，每有庙堂之思，却由于厌恶官场文化而止步，"无官无禄有湖山"，做一个白衣卿相倒也自在。但他强烈的家国情怀和人文关怀精神，在5·12汶川大地震时迸发出来了。当时，他和几个朋友组成一个志愿者团队，冒着余震的危险，向震区进发。他们向灾区运送了大量的救灾物资，并代表民办基金会捐建了两所小学。回来后，写下了感人至深的灾区见闻诗篇。"满目残垣哀九州，行人欲问泪先流。山崩黄土遮白日，地裂灰墟照蜀钩。忍看双亲哭幼子，怒寻官舍比学楼。爱心四海勤国难，冷暖人间几度秋。""只见砖瓦不见村，不悲不喜不言人。""满城泪水消毒水，昔日学堂改做坟。""千疮楼宇寂无声，十米泥沙半座城。"这些记述重大历史事件的纪实诗句，读后既令人震撼又令人难忘。这些诗句反映了云柯发自内心的悲天悯人的赤子之心，同时，又无情鞭挞了那些无耻的腐败现象，至今读来仍令人动容。

当然，从纯美学的角度讲，我还是更喜欢云柯的状景抒情诗："临风椰树望无边，碧海平沙已等闲。一尺素心何处寄，山中岁月海中天。""小上茗楼览右江，烽烟人物两茫茫。茶娘如画夜如水，岁月沉浮一品香。""碧浪白沙千尺画，红霞飞鸟一天诗。""旷古离愁无寄处，红黄诗句写秋风。"诗句出神入化，语不惊人死不休，诗中有画，画中有诗，既是诗又是画，颇得古人三昧，令人击节。

随着经济的发展，人民生活水平逐步提高，仓廪实而知礼节，重视形而上的人越来越多，有着五千年文明的中华底蕴逐渐显现出来。人们对古典文化越来越喜爱，国民对国故越来越关注，学习、爱好古诗词的人越来越多，重视自身修养的人越来越多。习主席最近在谈到中国古典文化的时候指出："我很不赞成把古代经典诗词和散文从课本中去掉。应该把这些经典嵌在学生脑子里，成为中华民族的基因。"历代中国知识分子学习经史子集、诗词歌赋，就是为了传承中华文化，实现修齐治平，完成内圣而外王的终极理想，这一理想或许终将成为新一代中国知识分子的最高追求，甚至成为一种时尚。从某种意义上说，云柯应是我们这个时代实践内圣而外王理想的先行者、佼佼者。希望云柯创作出更多更好的作品奉献给大家，奉献给社会。也希望更多比肩云柯的古典诗词爱好者涌现，我们期待一个诗词百花齐放的时代出现，一个学习中国古典文化的蔚为大观的社会风气出现，若此，中华诗词之幸，中华文化之幸，中华民族之幸。

陈海云

甲午秋写于北京

山篇

碧浪白沙千尺画

南宁青秀山

山为青秀我为仙,
翠色深时生水烟。
万象宾朋尽知己,
一江风月两肩担。

甲申秋于广西南宁

注／青秀山,位于南宁市东南部的邕江江畔,包括凤凰岭,凤翼岭等18座山峦,气候宜人,奇山异卉,四季常开,在古代,青秀山已经是邕南著名的避暑游览胜地。

短短28个字，没什么华丽辞藻、深奥字句和铺排用典，我却越读越觉得它优美雄浑，隽永有味。前面两句描绘了一幅浪漫优美的画面：青秀山伴着邕江，山里翠绿欲滴，江上水烟弥漫，显得虚无缥缈、惝恍迷离，人如在仙境。后面两句则借景抒情、托物寓意，体现出诗人的天下情怀和磅礴气度：世间万象，都是我的宾朋好友；茫茫大江、浩浩风月，不管你如何壮阔无边、气势非凡，我都能容纳担当。优美的画面和情怀浓缩在质朴精炼的文字里，让人觉得余味无穷。　　　　/李子迟

有万象宾朋尽为知己，自当风月两肩担。　　　　/楚天舒

青海湖

高原碧海任悠悠,

细浪轻云掌上收。

捲地黄花迷望眼,

连天白雪洗歌喉。

三江水到泽今古,

圣教音来渡九州。

但指人心见佛性,

平常风物亦千秋。

乙酉春于青海西宁

注／青海湖又名"措温布",即藏语"青色的海"之意。它位于青海省西北部的青海湖盆地内,既是中国最大的内陆湖泊,也是中国最大的咸水湖。

青海湖是我向往的地方，但一直没有机会圆梦，感谢诗人将一幅画卷摊开在我眼前。

"高原碧海任悠悠，细浪轻云掌上收。捲地黄花迷望眼，连天白雪洗歌喉。"这是一种怎样的大美意境？又是怎样的传神之笔才有如此力量把我带入那里神游？细品诗意，闭上眼睛默默感应，已是涛声盈耳，清风扑面。遐思中，但见高原荡荡，长天悠悠，牛羊闲闲，牧歌漾漾。最喜欢"但指人心见佛性，平常风物亦千秋"一句。山川毓灵秀，天地有大美！如果我们心存美好，不迷本性，便一定会于平常风物里挖掘出不平常！

/宋　湛

青海省因湖而命名，莽莽昆仑与祁连怀抱，天设地造的大美，感动古今。在离天最近的地方，白雪、大地、天空、人群、草场、牛羊，一切都是那样的干净、安静、恬淡、迷醉，受此感染，人心皆佛，风物千秋，云柯大悟。

/楚天舒

这首诗既有气势又有感悟。先将时空浩淼无边的大湖收入小小的手掌之中，再用茫茫白雪来洗涤自己的歌喉，继而从长江、黄河、澜沧江三大江河的水汇聚于此，一直润泽古今，养育万物，关联到佛教、伊斯兰教、基督教三大宗教经此传播深入人心。联想丰富，思路广阔，结句境界高远。

/李子迟

我曾游览过青海湖，那里湛蓝的天空和碧蓝的湖水，天上的白云和湖滨的油菜花，把我惊得目瞪口呆。夏天的气温还是那么凉爽，虽然没有看到雪山，但是雪山传来的清新在夏天是那么舒适。还有那庄穆的宗教氛围，令人心动。现在看到这首诗，当时的情景一下子浮现在眼前。这，就是诗的力量。

此诗抓住了青海湖的自然人文特征进行描写，使读者能够感受到青海湖的魅力。尤其末联，扣住青海湖浓郁的佛教气氛，挖掘哲理，景色得到了升华。

/李景新

七律·长白山天池

万壑秋阳走白山,

三千高谷一壶悬。

风雷层掩摄魂镜,

日月重光云水天。

七彩岚华惊造化,

八方碧影聚神仙。

王侯九赴难相见,

随意诚心可梦圆。

二〇〇五年八月二十八日登吉林长白山,幸见天池,美如仙境。当地人言:山高常雾锁,十日九不开,多有慕名者远道而来,数次登临而不得见。

注 / 长白山天池又称白头山天池,坐落在吉林省东南部,是中国和朝鲜的界湖,湖的北部在吉林省境内。长白山天池是中国最深的湖泊,是火山喷发自然形成的中国最大的火山口湖,也是松花江、图们江、鸭绿江三江之源。

每读汤兄诗,无不透出"大气"、"仙气",《长白山天池》一诗境界开阔,高远清新,词句波澜壮阔,才情奔放驰骋,大气,堪称书写长白山的难得佳作!全诗一韵到底,借助丰富的想象,忽而驰骋天际,忽而回首人间,结构雄奇跌宕。看似信笔挥洒,然时有妙语惊人,却不露斧凿痕迹。"走白山"、"一壶悬"、"惊造化",声意相配,构成了超然高绝之立意。

/卫海波

我曾登临长白山,知一见天池之不易也。所幸也如诗人一临而见,兴奋之情,自不待言。故深感此诗末联之可贵。万事皆然,人之心岂可不诚真者乎!

/李景新

七律·漓江

尘外人家何处寻，
一篙碧水正逢春。
芙蓉淡雾梳青黛，
琴筑微波揽紫云。
鬼斧玉簪白骏马，
仙织罗带古诗魂。
胸中万壑容天下，
谢客风流始到今。

乙酉春日于广西漓江

注／芙蓉为古人对漓江山形之喻，琴筑为水上亭榭，白骏马指漓江名胜"九马画山"。玉簪、罗带源自韩愈漓江诗"水作青罗带，山如碧玉簪"。谢客指遍游桂林山水的晋人谢朓。

"尘外人家何处寻,一蒿碧水正逢春。"时令虽已进入初秋,但暑热未消,此时读到这首美诗,顿觉心头泛起大片凉荫。

好的诗歌也是美丽的图画。我读《漓江》,仿佛真的置身漓江碧波荡漾之中。一路船行,但见两岸春山青青,江上薄雾如烟。更见"鬼斧玉簪"、"仙织罗带",真是如诗如画,似梦似幻……

红尘迷局,大自然却如此美丽!置身此境,所有的欲望追逐,都应该放入江水里荡涤,还灵魂一片干干净净!

/宋 湛

此诗将绝妙的桂林漓江山水的水墨淡雅、千姿百态描绘得很有仙气和传奇色彩,远离尘寰,荡涤凡心。"水作青罗带,山如碧玉簪。""寻尘外人家,撑一篙春水。"最后两句壮气峥嵘,豪情毕显。游历山水,行万里路,亲睹美景而胸襟开阔,心旷神怡,人生风流,莫过于此。

/李子迟

山水常青常秀,是因山水灵秀,才使人灵秀?还是人灵秀才使山灵秀?漓江山水,美甲天下。游人至此,兴会空前。"胸中万壑容天下,谢客风流始到今。"好句!

/楚天舒

夜游两江四湖

斑斓水夜城中梦,
铜塔木龙天上河。
树影山声真亦幻,
清谣一曲入传说。

乙酉秋夜于桂林

注／桂林市的漓江、桃花江、杉湖、榕湖、桂湖、木龙湖贯通,形成环城游览水系,即"两江四湖"。这是一个富有激情、富有想象力的工程,也是桂林历史上最大的环保工程。今之两江四湖,已为甲天下之桂林山水锦上添花,是令中外游客流连忘返的旅游景点。

诗人夜游桂林两江四湖,赞叹桂林恢复了水城风貌,出现舟楫纵横,游人如织的场景,南宋词人刘克庄笔下"千山环野立,一水抱城流"的理想成为现实。诗中绘声绘色地描述了桂林城霓虹夜景下的湖光山色,让铜塔、木龙湖和天上的银河交相辉映,组成一幅立体的风景画,令人赏心悦目。

/陈海云

七律·京东大峡谷

晴岚五月汇京东,

草木春风此处逢。

百步天阶攀碧落,

千流飞瀑响泉声。

峰回深谷石崖断,

路转清溪索道通。

一览惺忪今古事,

青山对面慰平生。

丙戌春于北京平谷

注 / 京东大峡谷位于北京平谷区,由大峡谷与井台山两大游览区组成。大峡谷狭险幽深,壁立万仞。井台山平阔如台,高耸连云。有联赞曰:"探峡谷感受神秘清幽,登高峰尽揽千山万壑。"

"晴岚五月汇京东,草木春风此处逢。""一览惺忪今古事,青山对面慰平生。"青山对面,风云际会,大景大情才能有此超脱。 /楚天舒

秀山听乐

秀刹千楹认古滇,

清凉天籁有真禅。

洞经一曲消尘迹,

只剩襟怀在海天。

二〇〇六年八月九日于云南通海听洞经古乐,同日惊闻清华好友李继盛因病去世,作此诗兼怀。

注 / 通海秀山位于云南玉溪市通海县,是玉溪地区的重要风景区之一。通海秀山在明朝时曾与昆明金马山、碧鸡山,大理的苍山共称云南四大名山,素有"秀甲滇南"的美誉。秀山,自唐代就建有庙宇,元、明、清时佛教兴盛,世称"滇中大刹",成为佛教圣地。

云南秀山，庙殿众多，楹联千幅，文化厚重。听着清凉悠然的天籁之音——洞经古乐，感觉其中有着真正的禅意慧味。此时惊闻当年大学好友突然病逝的噩耗，诗人心情非常沉痛，但在这空灵旷达的古乐里，杳杳而去，远达海天。此作将浓厚的情谊与旷达的心境很好地结合在一起，风格高远。

/李子迟

"洞经一曲消尘迹，只剩襟怀在海天。"有此提升，诗活了。

/楚天舒

重庆印象

陪都山水印国殇,
云气千年汇两江。
灯酒楼台今更胜,
满城美女火锅香。

丙戌秋与修军、沐华平于山城重庆。

"灯酒楼台今更胜,满城美女火锅香。"这大概是关于重庆最恰当、最精彩的名片与广告词了。是山城也是江城的重庆,这座西南与西北最大的现代化都市,曾经是民国政府的抗战陪都,因其位于长江与嘉陵江交汇处,地理位置优越,山水壮美,得天独厚,历史悠久,风云际会。今日高楼大厦,万家灯火,一派繁华,尤胜昔时。更有那靓丽的重庆妹子,美不胜收;火锅佳肴,满城飘香。

/李子迟

金陵、重庆同饮一江水,风物胜美,自古同今,烟波江上,夜泊秦淮与夜泊陪都有何不同乎?楼台胜昔,美人胜昔,幸今逢盛世,否则美女隔江犹唱能有二乎?

/楚天舒

以通俗词语入诗词,自古有之,近年的诗词界又产生一些争论。我意如果词语通俗而非庸俗,又能增强生活气息,那么通俗词语也能做出好诗。此诗末句,一看很通俗,但是我觉得却是好句子。原因之一是,句子散发着浓厚的生活气息,很贴近现实生活。原因之二,我感觉到诗中的滋味比较复杂。整首诗的结构,有点像杜牧的《泊秦淮》,读者可能会产生这样的想法:诗句中是不是带有讽刺的口吻?诗贵含蓄,此诗可谓含蓄者也。

/李景新

题三娘湾海豚

来往春秋伴浪花,

乘风戏水乐闲暇。

柔肠侠骨行天下,

碧海长空自在家。

丁亥春于广西钦州

注 / 钦州三娘湾,是中华白海豚的故乡。三娘湾村东与北海隔海相望,西与钦州港毗邻防钦,水陆交通便捷,水产资源丰富,有青蟹、大蚝、对虾、石斑鱼四大名产。

看破、放下、自在，实是大境界，但又有几人能放下呢？柔肠侠骨常有，看破、放下、自在不常有。"碧海长空自在家"，若能自在为家，高标见致。
　　　　　　　　　　　　　　　　　　　　　　　　　　　　/楚天舒

　　在动物园的海洋馆里，人们常能见到圈养的海豚在人工的驯服下憨态可掬，但是这种衣食无忧的安逸又岂能和遨游天下的快乐相比呢？诗人对野生海豚的赞美，无疑是自己追求身心自由的价值观体现。人生，既要有侠骨柔肠之体，又要有纵横万里之志。
　　　　　　　　　　　　　　　　　　　　　　　　　　　　/复　强

七律·黄姚古镇

神仙村落藏云岫,
青瓦白墙天下幽。
溪水烟含花照影,
奇峰翠抱鹤来游。
石街百步无寒暑,
榕树千年忘夏秋。
笑卧桃源观汉晋,
渔樵诗酒自封侯。

丁亥夏承白希兄盛情陪同考察,作于贺州。

注／黄姚古镇,位于广西贺州昭平县,发祥于宋朝开宝年间,是"中国最美的十大古镇"之一。由于镇上黄、姚两姓居多,故名"黄姚"。

诗人笔下的黄姚古镇,就像陶渊明所写的桃花源一样,独处世外,恬静安宁,黄发垂髫,怡然自乐,"乃不知有汉,无论魏晋"。青山溪水,鸡鸣犬吠,村舍简朴,石街幽幽,无寒暑,忘秋夏,渔樵诗酒之乐,胜过封侯。
/李子迟

"溪水烟含花照影,奇峰翠抱鹤来游。""笑卧桃源观汉晋,渔樵诗酒自封侯。"好句!有此景此情,渔樵诗酒也能封侯! /楚天舒

五律·登圣堂山

翠壁出天外，

临风更峻峨。

襟前日月小，

足下白云多。

木寿神仙树，

峰奇五指佛。

登临千古事，

茶酒作瑶歌。

丁亥夏日与庞德成、张文静等好友同游，作于广西金秀。

注／圣堂山位于广西壮族自治区来宾市金秀瑶族自治县西南部，为瑶族圣山，山峰巍峨林立，山高险峻，是桂中第二峰。景区覆盖着郁郁葱葱的原始森林，是重要的水源林保护区。山顶神仙树和五指峰为代表景点。

"襟前日月小,足下白云多。"彰显山之高峻、人之胸怀,令人有身临其境之感。

/复 强

圣堂山是桂中大瑶山主峰,也是广西瑶族同胞的圣山,它风景绚丽、巍峨奇峻,堪称天下一绝。本诗浪漫、壮美地再现了圣堂山高耸入云、姿态万千的雄奇景象,以及神仙树、五指峰等当地独特景物,还有那醇酽香浓的茶酒、悠扬动听的瑶歌,让人思接千载,如醉如痴。

/李子迟

"襟前日月小,足下白云多。"大襟怀。

/楚天舒

七律·大明山游记

连脉青山接碧空,

琳琅烟雨画棋坪。

千秋地气藏龙母,

万籁天音响大鸣。

婉转清溪涤古道,

深幽林麓养长生。

晚来摆酒邀星宿,

际会风云一处行。

丁亥秋日与张福桐等好友聚于广西大明山

注 / 广西大明山位于南宁市区东北部,为桂中南第一高峰,北回归线横贯中心,自然景观多姿多彩,是国家级自然保护区。大明山古称"大鸣山",因风过山涧发出奇声而得名,其南麓地区是骆越民族重要的祖居地,也是骆越古国最早的都城所在地,广泛流传于珠江流域的龙母文化,起源于骆越先民原始的龙图腾崇拜,其发祥地即在大明山。

在诗人的一系列大明山之作中，这一首很有特色。巍巍大明山高耸入云，直上碧空，烟雨氤氲之中的青山秀峰、处处美景，就像是丹青高手画出来的一样。藏龙卧虎的千秋地气，磅礴轰鸣的万籁之音，荡涤古今的清澈溪川，滋养众生的深幽林海，使得这座大山内涵丰富、能量无穷。难怪诗人展开想象：夜摆酒席，邀群星下凡一同饕餮酩酊、尽兴畅饮，风云际会之时，诗人也成了仙人。

/李子迟

"晚来摆酒邀星宿，际会风云一处行。"好句。

/楚天舒

南昆山绝句

溪水圆石日日新,
蓝天光影透竹林。
空灵人物皆知己,
漫煮清茶论古今。

丁亥秋与陈海云、徐伟于广州南昆山竹林。

注 / 南昆山原始森林位于广东省惠州市龙门县境内,是重点保护的国家森林公园,被誉为"北回归线上的绿洲"、"南国避暑天堂"、"珠三角后花园"。

南昆山重峦叠嶂、茂林修竹、溪流纵横,是诗人偏爱之地。时在秋末冬初,作者携友同游。远离了尘世的喧嚣,伴着清溪、竹林,和志同道合的朋友彻夜长谈,品茶论道,颇有点竹林七贤的味道。透过蓝天、白云、竹影、清溪,远离浮躁,我们看到了诗人出尘脱俗的追求。

/陈海云

题琼海玉蟾宫

碧海湖山风半生,

金蟾灵气绕云城。

三清不远平常道,

一念心香上九重。

戊子春于海南道教圣殿玉蟾宫

注 / 玉蟾宫位于海南省定安县文笔峰山麓,是道教南宗的实际创始人、南宗五祖白玉蟾的最终归隐之所,被道教奉为"南宗宗坛"。玉蟾宫拥有世界上最大的道教建筑群,建筑结构完整、风格鲜明,系统地展现了道家主题文化特色。

"三清不远平常道,一念心香上九重。"碧海青天,绿绕海城,人来尘世,风来天外,携心香上九重。于此地自脱凡界。　　　　　　/楚天舒

作者有不少涉及佛教的作品。这首诗以道观为对象,亦轻灵可喜。海南岛本来是孤悬海外的文化落后之地,但由于道教南宗之祖白玉蟾与海南有千丝万缕的关系,使得海南成为道教文化不可忽视的要地。此诗前两句描写玉蟾宫的景象,但重点在后二句:"三清不远平常道"一句指出了玉蟾宫在道教中崇高的地位,同时引出末句,有一念虔诚之心,即可达于道家极高之境界。含蓄而空净,堪称佳句。　　　　　　/李景新

宿大明山

尘心洗净气如兰，
树下酣淋做酒仙。
万古人生何所有，
群山静夜满星天。

戊子夏夜与好友余龙文于广西大明山

"万古人生何所有,群山静夜满星天。"二句意如仙境,作者亦已悟道,全文流畅不俗,仙风道骨,淋漓酣畅,风雅入禅。　　　　/复　强

巍巍大明山,远离尘嚣,万籁俱寂,空气清新。将凡俗之心彻底荡涤干净,气息如兰草般幽香。静坐于山林之间,把盏畅饮,岂不快哉!漫长人生,夫复何求?只有这阒寂的群山、满天的星斗相伴,忘掉一切世间纷争与功名,只管旷达而舒意地享受这大自然所赐予的美景佳境。这首诗空灵超然,境界开阔,并富有传统知识分子洁身自好的人格魅力。　　　　　　　　　　　　　　　　　　　/李子迟

大明山佛光

远看群山近看松，
白云变幻万千重。
风吹雾隐佛光现，
便有仙家人世逢。

二〇〇九年八月十六日晨与阳曜丞等众友于大明山山顶喜见佛光

注／大明山佛光是一种神秘的自然现象，阳光照在云雾表面所起的衍射和漫反射作用，使天边骤然幻化出七色光环，中央明透如镜，光环中会出现佛的身影，奇妙无比。佛家认为，佛光是从佛的眉宇间放射出的救世之光、吉祥之光，要看到佛光必须要有佛缘，能见到佛光的人必定吉祥如意。

诗人常立于山巅之上，看远山近松，看白云变幻，已是仙人情怀。此番看到常人罕见的佛光，更是难得的际遇。佛光乍现的那一刻，天人相通，浓雾之中、白云之上，曾见诗仙归来否？　　　　　/复　强

西藏印象 之一

千古白云伴远山,
黄沙烈日亦家园。
一江碧水凭天赐,
心有苍穹无限蓝。

戊子秋日初到拉萨

西藏的白云、雪山、蓝天，没见过的人是无法想象的，用云柯的话说，那不是欧美国家常见的碧空蓝天，而是人世罕见、犹如来自异域外空的那种深蓝、那种纯净、那种安详、那种大美。纯蓝无边，心有苍穹，景如天外，人在何处？

/复 强

西藏印象 之五

雪域仙湖千万姿,
莲花神庙玛尼石。
经幡风起连云动,
万象天光一水知。

戊子秋于西藏高原神湖巴松措

注／巴松措又名错高湖,藏语中是"绿色的水"的意思,是红教的一处著名神湖和圣地。玛尼石和经幡是藏族传统宗教艺术,悬挂五彩经幡、放置玛尼石堆和转神山、拜神湖、撒风马旗、刻石头经文等都是藏族同胞独特的祈福方式。

巴松措是藏南国家森林公园,也是西藏四大湖之一。西藏的蓝天、圣湖、原始森林是洗心之地,诗人在西藏与在普通地域的感受不同,似乎是到了另一个世界。因此,诗中的"万象天光一水知",既是写景,也是灵魂经洗涤飞升后的感受。　　　　　　　　　　　　/陈海云

　　"经幡风起连云动,万象天光一水知。"好句!　　　　　　/楚天舒

七律·题金鞭溪

红黄绚染画中迷,

迥转幽香云脚低。

拔地三千峰翡翠,

蜿蜒八百水琉璃。

潭开紫草青鱼跃,

树荡猕猴白鸟疾。

幸有秦皇失醉酒,

金鞭落处化神奇。

戊子深秋作于湖南张家界

注／ 金鞭溪位于张家界,传说是当年秦始皇嬴政持金鞭赶山,至此地时因醉酒而失落神鞭,山水美景、奇石妙崖便永驻于此,故称金鞭溪。金鞭溪沿线是武陵源风景最美的地界,主要景观有醉罗汉、神鹰护鞭、金鞭岩、花果山、水帘洞、劈山救母、千里相会、楠木坪、水绕四门等。

金鞭溪是湘西张家界山水风光的代表景点，在蜿蜒滔滔、清幽明澈、琉璃般的溪流两旁，层峦叠嶂拔地而起，直插云天，悬崖高耸，奇石怪岩，如翡翠，如宝塔，亦如金鞭。山水花木色彩绚丽，峰回路转足迹留香；深潭青草百鱼腾跃，古树茂盛猴荡鸟飞。状如画美景，如在眼前；说神仙往事，引人入胜。

/李子迟

黄金水道行

蓬勃八月上轻舟,

万树千山顺水游。

百越风情天下事,

船头一笑大江流。

己丑夏参加两广黄金水道考察,作于广西兴宾。

注 / "黄金水道"是指南宁至广州航道,即西江航运干线,其和长江干线并列为我国高等级航道体系的"两横",是我国西南水运出海大通道重要组成部分。"黄金水道",水清江阔,峻岭崇山,风光壮美。

"百越风情天下事,船头一笑大江流。"江流千古,渔樵看破人间事;一壶浊酒,不忧天下古今愁。　　　　　　　　　　　　/楚天舒

末句大有潇洒豪迈之侠士风流感,如见苏东坡、李太白微醉船头、仰天大笑。时光越千年,情景何相似!　　　　　　　　　/复　强

题黔江名胜"五马拦江"

崇山峻岭一江开,
翠木奇石滚滚来。
天马凌空巡碧水,
乾坤清气入胸怀。

己丑夏于广西黔江

注／ "五马拦江"位于广西黔江之南岸,登高眺望,五座连亘山峦,极似五匹骏马,将气势磅礴如龙直奔的黔江截住,强令黔江水绕东奔流,并形成二百米长的椭圆形沙洲,古有"五马拦江口,文笔对沙洲"的诗句。

五马拦江，重一"拦"字，"崇山峻岭一江开，翠木奇石滚滚来。"写得逼真如画、壮美瑰丽，以一当十，容量丰富，具有高度集中的艺术概括力。"天马凌空巡碧水，乾坤清气入胸怀。"意蕴高远，风格雄健。掩卷遐想，此诗淋漓展现的正是"当代诗仙"狂放不羁、豪迈恢宏之气概！

/卫海波

　　古人作诗，有注重一句者，一句成功，即有亮点。写景诗又贵在能够景中见人。此诗末句一出，境界大开，可谓点睛之笔。　　/李景新

西湖夜饮

烟纱西子断桥东,
漫步忽来雨带风。
疑是蛇仙寻未见,
千年一醉可相逢?

己丑小年与卫海波、肖贺远兄弟酒酣同游西湖,作于杭州。

诗人自注于己丑小年与挚友同游西湖，时令天气乍暖还寒，恰逢小年，兄弟相聚于胜景西湖，自然会小酌几杯。酒酣情暖，文人胸怀，寻访白娘子，成为共同的主题；冒着寒雨，循着灯花，不觉到了断桥东；寻访不遇，但绝不会影响诗人的雅兴，酒酣醉卧湖边，拥朦胧"西子"，枕美丽西湖，品江南佳酿，"千年一醉"，"千年等一回"，时光穿越千年，便与白娘子"相逢"，这是一种多么绮丽、潇洒的人生境界。读来，恍若与诗人夜饮于西湖，共享诗话江南，共叙诗意人生。读来，与黄庭坚《登快阁》有异曲同工之妙。善于用典，信手拈来，是诗人多首诗歌的共同特点，也是其深厚国学功底的体现。"西子"巧妙借用苏东坡《饮湖上初晴后雨》"欲把西湖比西子"句，此处的西子既可理解为西湖，我更愿意理解为西施，既与寻访白娘子的意境相适，更与诗-酒-西湖这种氛围融合。

/吕俊义

太湖行

苍茫春色与谁期，
烟水泓澄润太虚。
涤净胸中三万顷，
好凭黄酒下白鱼。

庚寅初春与覃锡于三万六千顷太湖之滨

此诗前两句景色苍茫泓澄,引出第三句将太湖风景与作者心胸结合起来,既写出太湖之清阔,又写出作者欣赏太湖之情怀,清俊爽朗。按照常人思路,如此开阔之景之情,结末应该出以豪迈之句吧?但是作者却凭着被涤净的心胸,得出"好凭黄酒下白鱼"这么悠闲的句子,真是妙趣横生。

/李景新

五百里太湖,烟波浩渺,水天一色。兴目极望,见风平浪静,渔帆点点,荡涤心境,顿觉胸中一片纯净,空灵平和。此时喝着江东黄酒,吃着浪里白鱼,自然十分惬意。此诗风格豪迈奔放,意境开阔优美。

/李子迟

黄果树听瀑

风雷千壑雪山崩,
白玉蛟龙下九重。
一去瑶台隔万里,
心中常挂水云声。

庚寅春于贵州安顺

注 / 黄果树大瀑布是亚洲最大的瀑布,位于贵州省安顺市,以当地一种常见的植物——黄果树而得名。黄果树瀑布以其雄奇壮阔的大瀑布、连环密布的瀑布群而闻名海内外,享有"中华第一瀑"之盛誉。

天地有大美，尽在不言中，黄果树瀑布是美的，来欣赏的人也是心怀大美的，能将二者调和提升的是诗人。"一去瑶台隔万里，心中常挂水云声。"大美的力量震撼人间。

/楚天舒

题青岩古镇

古巷石街树影斜,
玲珑店铺百十家。
人生多有春风日,
小院重来饮桂花。

庚寅春日与白金国兄于贵州花溪

"人生多有春风日,小院重来饮桂花。"词尽,意犹未尽!仿佛看见诗人再携良友微笑着踏进小院,重游故地,又饮香茗。古墙树影,风送花香,怎一字清爽了得? /复 强

大富大贵是福报,大起大落是磨难;平常百姓只需丰衣足食平平安安便是锦绣人生,小院桂花酒可常饮,人生春风日多珍惜。 /楚天舒

古巷、石街、玲珑店铺是对偏居西南山城中的明清古镇——青岩古镇的经典描述,笔者沿着石板街,踏进饱蘸历史的古镇,感受着诗人的感觉。愈是历史的,愈是厚重的,愈是令文人墨客魂牵梦绕的,"人生多有春风日,小院重来饮桂花。"正是诗人内心所向。"多有春风"是诗人的期望,也是古今无数文人的梦想,"春风得意马蹄疾,一日看尽长安花。"(孟郊《登科后》)"爆竹声中一岁除,春风送暖入屠苏。"(王安石《元日》)多有如此春风,岂不快意人生。 /吕俊义

游西江苗寨

傍水依山古有村,
红枫青瓦彩衣人。
醉别崇岭回头望,
美酒笙歌犹在云。

庚寅春于贵州凯里

"傍水依山"写出贵州凯里西江千户苗寨古村落的地理位置与特点，"红枫"、"青瓦"、"彩衣人"、"美酒笙歌"简笔勾勒出苗寨自然风光、古寨建筑特色与寨中苗人的服饰、民族习俗。后两句借景抒情，置身苗寨，陶醉于苗族的笙歌与特制的糯米美酒中，"醉别"自然成为多数人的选择。此时，"回头望"，一切恍若"犹在云"；一种晕晕乎乎、飘飘欲仙的感觉，似醉酒，亦是醉于美景。在这如诗如画的境界中，酒不醉人人自醉；诗人有这种感觉，笔者亦有这种切身体验，因而读来倍感亲切。全诗用白描手法，寓情于景，用短短28字将西江苗寨风光与苗人风情展示在读者面前。"醉别"两字可谓神来之笔，最能体现苗寨苗人的豪爽性格与民族风情，而且表现出作者对美景美酒的无限眷恋之情。

/吕俊义

缅甸印象

佛国万顷御风游,

千里浮云一望收。

碧树荒川无怨苦,

心怀善念任春秋。

庚寅夏与万学军兄自缅甸旧都仰光飞往新都内比都,作于万米高空。

注 / 缅甸联邦共和国,简称缅甸,首都内比都。缅甸是著名的"佛教之国",佛教传入缅甸已有2500多年的历史。佛教徒崇尚建造浮屠,建庙必建塔,缅甸全国到处佛塔林立。

云端，俯瞰世界，自有一种仙人的视角，人间所有的沧桑、欢乐、悲苦都可以入眼、入心，一览无余。穿越那个神秘佛国的上空，诗人的慈悲正念出现了，善哉善哉。　　　　　　　　　　　　　／复　强

白沙吧岛游泳

一岛飞来落画中，
白沙碧浪海天晴。
铅华洗尽三千里，
心底汪洋称太平。

庚寅春于菲律宾杜马格特

注／白沙吧岛为菲律宾内格罗斯东南海域的美丽小岛，从"大学城"杜马格特市乘船一小时可达。白沙吧岛以白沙海滩和海中珊瑚闻名，被誉为游泳和潜水的胜地。

画中海天，仙岛如天外飞来。面对碧浪白沙，作别红尘三千里，尽洗凡世铅华，这时才能真正感受到内心的平静与宽阔。诗人已与天地融为一体，化作一片云、一只海鸥翱翔蓝天……

/陈海云

七律·马尔代夫度假

重洋仙岛远人知,
闲卧波涛睡起迟。
碧浪白沙千尺画,
红霞飞鸟一天诗。
椰林曲径梳经纬,
竹椅清茶洗怨痴。
欲问拈花今古事,
濯足笑看海云时。

庚寅秋于卡尼岛

云柯兄云游海内外，眼观万壑，胸存天地，看似都是闲情逸致，实则是情怀天下。"碧浪白沙千尺画，红霞飞鸟一天诗。"唯美至极，这是大闲；"欲问拈花今古事，濯足笑看海云时。"这是大悟。穿透时空，出世入世，入世出世，出神入化，这是一个真正诗人活得好的理由。

/楚天舒

夜游象鼻山

云上灯光水上星,
竹排轻浪绕山行。
千秋石草神形聚,
大象无争天下名。

庚寅秋于广西桂林

  象鼻山是桂林山水代表景点之一,青灰色大象静立江滨,象鼻伸入清澈江水中,倒映如画,形神皆备,真是天造地设,让人佩服大自然的鬼斧神工。本诗状景如画,论道传神:看水中倒影,既有繁星又有白云,不知是星在河里还是灯在云中?驾一叶小小竹排,于轻浪碧水中绕山而行,如徜徉在星海云端,岂不神奇?千载以来,生于漓江之中的石山芷草得天地之灵,聚气成形,化身为象,就在静观人世变迁、自然轮回。大音希声,大象无形,至人无己,神人无功,正是道与人生的最高境界。

/李子迟

  能享受人间的美是幸福,能欣赏人间的美更是幸福,肉眼凡胎多不会享受,更谈不上欣赏。"千秋石草神形聚,大象无争天下名。"桂林山水形胜天下,古往今来有多少人于此顿悟人生?

/楚天舒

阳朔西街夜饮

古街千铺万人拥，
树影山光灯酒红。
一品心情山水梦，
琉璃夜色桂花风。

庚寅秋日于漓江之滨

诗的前两句采用白描手法，"古街"与"千铺"为近景、实景，"树影"与"山光"为远景、虚景，远近结合、虚实相映，写出阳朔古镇夜晚的风貌；"拥"与"红"突出了西街与其他古镇不一样的景致，游人之众与欢娱之盛是其突出特征，这便是真实的阳朔，这便是年轻人最喜欢的地方之一。夜饮于此，作者发出感慨："一品心情"与"琉璃夜色"是对夜色与心情的绝佳描绘与定性；只有在此情此景下才有这种精准概括，也只有在此情此景下，才能做得"山水梦"，闻到"桂花风"。

/吕俊义

"一品心情山水梦，琉璃夜色桂花风。"好诗皆有梦的色彩，好梦皆有诗的意境。

/楚天舒

秋夜篝火

深秋郊外看金黄,

啤酒青瓜烤串香。

篝火歌声情入梦,

手风琴曲旧时光。

庚寅秋封仪坊两周年聚会,作于密云红酒山庄。

"篝火歌声情入梦,手风琴曲旧时光。"将日常生活注入梦的美,是诗人的天职,践行得越好,越有力量,越尽了诗人的天职。　/楚天舒

深秋时节,散谈叙旧。忽一老友,用手风琴拉出了"让我们荡起双桨"的旋律,不禁唏嘘,共同回忆起那个时代。了解了这个背景后,您会飒然理会,"手风琴曲旧时光"饱含温馨厚重,诗眼!使本诗平中出奇。
　　　　　　　　　　　　　　　　　　　　　/张林先

大明山观日出

风吹万壑悟天音,
乐在山中做草民。
唤起东边红日客,
同来云上会嘉宾。

庚寅秋晨作于广西大明山

诗人写了多首描述广西大明山绝佳风景的好作品，以这首最为豪放雄奇、壮丽生动、气魄非凡。诗人晨观日出，如兴步云海，听风吹莽林，如闻仙乐梵音，迎东升红日，如唤醒梦中好友，与其一道在云霄之间做客徜徉，山间草民，已是天上神仙！想象丰富大胆，神奇浪漫。
/李子迟

草民，天下之众生，不谓不多，草民有草民的乐，可以不知太守之乐；太守有太守的乐，也无关草民的苦。云泥相望，各得其乐，各得其所。这是中国社会官民格格不入的生态，千百年来，何得与民同乐，休戚与共，阳光普照，其乐融融，这是多少年未了的中国梦。　　/楚天舒

游野鸭湖湿地

红鸭白鹭水蓝天,
翠鸟青鱼绕小船。
芦苇金黄甘蔗绿,
无官无禄有湖山。

庚寅冬应武进兄弟之邀同游云南瑞丽

注／中缅边境城市瑞丽属南亚热带季风性气候,冬无严寒,夏无酷暑,花开四季,果结终年,被誉为"天然森林公园"和"动植物王国"。野鸭湖湿地为瑞丽境内天然湿地,动植物种类丰富,环境优美,风光秀丽。

此诗最大的特点是描绘了许多美好的意象，有鸭、鹭、天、鸟、鱼、小船、芦苇、甘蔗等；且颜色各不一样，红、白、蓝、翠、青、黄、绿，显得绚烂多姿，动感十足，画面优美，图文并茂。在这样如诗如画的大自然里，诗人身心放松，超尘脱俗。人生大快，虽无官无禄，却有湖有山，宾朋天下，精神富足。　　　　　　　　　　/李子迟

江山如画，色彩纷呈，浑然忘却，利禄功名。　　　　　　/复　强

多彩湖山，多彩人生，小情小调，怡然自得。　　　　　　/楚天舒

游杨美古镇

深幽庭院几朝闲,
碧树奇石清水湾。
古巷春花梅子酒,
神仙半日品千年。

辛卯春日与党广钦兄弟于南宁千年古镇杨美

注／杨美古镇始建于宋朝,于明清扩建,是广西境内保存最为完好的明清古建筑群,有著名的魁星楼、清代一条街等景点。

古镇虽美,但读来印象深刻的却并非古镇景色,古巷春花之中,酒之醇美,更令人神往。那神仙一品千年的梅子酒,到底是怎样的滋味呢?是谁在和那位神仙对饮、对弈、对诗联? /复 强

七律·潭柘寺春行

古刹重门开紫烟，
春风拂面胜江南。
长空荡荡无生灭，
碧树葱葱有慧缘。
沧海一壶大般若，
青山半盏小神仙。
燃香略过千年事，
只驻诗心对玉兰。

辛卯清明作于京西千年古刹潭柘寺

沧海一壶、青山半盏，颇似某神于九霄云上俯瞰世间的视角，乾坤内多小杯盏，天地间少如此大风流。　　　　　　　　　　/复　强

清明时节，潭柘古寺重重山门次第大开，紫烟弥漫，袅袅飞升，香气馥郁；和煦春风，徐徐拂面，沁人心脾，犹胜江南。在此佛门圣地，来者皆有慧缘，不生不灭，内心安谧。浩浩沧海，不过一壶；巍巍青山，亦只半盏。燃香一支，仿佛千年沧桑一掠而过，只一腔诗心独向玉兰，澄澈空灵，不沾丁点尘埃。　　　　　　　　　　　　/李子迟

康德说过，一个人说出来的话必须是真的，但是他没有必要把他知道的都说出来。道理也许如此，但这里有哲学家的深沉，换成诗人云柯，就坦率得多。他不仅说出的都是内心真实的感受，而且毫无保留地分享了自己参禅后的"觉悟"。"先有潭柘寺，后有北京城"，作为历史老人，潭柘寺知道的太多，但"老人家"不会亲口告诉你什么，需要我们自己透过历史的尘封来领悟和觉醒。我不知道每天走进潭柘寺的众多游人有几个领悟了，但读了这首诗，我知道诗人云柯已顿悟：沧海一壶大般若，青山半盏小神仙！有这样的心境和胸怀，当然会穿越生命苍茫，"只驻诗心对玉兰"了。如果我们也读懂了诗人的"悟"，视野定然会亮堂三丈，一生受益匪浅！　　　　　　　　　　　　/宋　湛

人生一切美好的事都是不持久的，所以人生值得留恋与努力，努力是为将来，留恋是为过去，这是人生的两大诗境。沧海桑田，把握好当下，便是最大的成功。佛家、俗家都如此，有诗心对玉兰，就更美哉！　　　　　　　　　　　　　　　　　　　　/楚天舒

登崂山华楼峰

满目花开何处求，
黄竹碧树草悠悠。
青石有道藏风骨，
海作雄心山作楼。

辛卯春于山东青岛

"青石有道藏风骨,海作雄心山作楼。"天地风骨,山海雄心,气韵豪迈,力美无穷。

/楚天舒

登崂山,没想起穿墙而过的道士,却想到山与石的"风骨",想到海的胸怀。"海作雄心山作楼",可知诗人是有抱负的人,虽状如大隐于市,但词句中常流露出胸中块垒。

/张林先

题非洲巨树

常怨词章是妄言,
平生谁见树参天。
千秋风雨一身聚,
画里山河落世间。

辛卯春与周长奎、杨怀京、王瑜、张恩民赴非洲参会,作于津巴布韦马兰吉省。

注 / 津巴布韦共和国是非洲南部的内陆国家,原始森林众多,有大片象征非洲生命的著名巨树——巴宝。

"常怨词章是妄言,平生谁见树参天。"在极具原始异域风情的非洲丛林中,千年大树巨人般巍然屹立。那些树干直径大于一间屋子且长比高楼的巨树,居然还多得连片成林,"参天大树"已不是夸张而是写实,任谁到了这个童话般的环境,也不能不惊叹大自然的鬼斧神工。伟岸,是经历千年风雨才特有的挺拔;瑰丽,是遍遭世间沧桑才呈现的坚强!

/复 强

题重庆北温泉

雾聚云开别有天，

山深林静好偷闲。

红黑唱罢泉犹热，

一泡身心法自然。

辛卯初夏重庆红歌正盛，与好友江济良、刘金波泡热泉冷观，写于重庆北碚缙云山。

注／重庆是有名的温泉之都，北温泉位于北碚区，北濒嘉陵江，南倚缙云山，是重庆温泉之冠。清朝雍正时期的武英殿大学士张鹏翮亲笔书写的"第一泉"刻于嘉陵江边岩壁上。

好文章应为时而发,好诗歌应为时而作。时间是检验真理的唯一标准,顺天应人,顺乎自然,是人间大道。"红黑唱罢泉犹热,一泡身心法自然"!

/楚天舒

夜观涅瓦河开桥

清波古堡月徘徊，
静候长桥水上开。
沧海人生知客栈，
灯花夜半待船来。

辛卯夏夜与李红豆、樊华兄弟于俄罗斯圣彼得堡。

注／俄罗斯圣彼得堡涅瓦河上有很多桥，但桥面距河面高度较低，为过大船，涅瓦河上的铁桥都是能从中间向天开启的。每到深夜，灯花水影之中，大桥依次打开，停候在波罗的海的大船依次开来，神奇壮美，成为圣彼得堡最动人的景色。

中国古典诗歌的意境在涅瓦河上开放，俄人若懂，实在是倾美东西，不知当时身边同观者有几俄人能懂诗人情怀，不负斯情斯景，斯人斯意。"沧海人生知客栈，灯花夜半待船来。"感慨良深。　　/楚天舒

西贝柳斯公园小憩

风吹钢管草悠悠，

万里帆来伴海鸥。

仰卧青石天作画，

白云斜挂绿梢头。

辛卯夏于芬兰赫尔辛基

注／西贝柳斯公园坐落在芬兰首都赫尔辛基市中心西北部，公园内绿荫成林，青翠欲滴。园内耸立着由600根钢管组成的管风琴抽象塑像和芬兰著名作曲家西贝柳斯纪念碑，因此也称音乐公园。

公园是为了纪念芬兰音乐之父西贝柳斯而建的，由钢管组成的巨型管风琴雕塑，流动的线条就像旋律的飞扬，每当海风吹过，就会发出或高亢或低沉的声音，大自然永不停歇地在纪念着一位伟大的艺术家。

诗人身临其境，听钢管悠悠，看万里帆来，卧青石碧草，赏白云绿树，心态悠然自得。全诗无直言抒情、言志之句，看似纯粹写景，字里行间已然美感自溢，情怀自足！

/复　强

游松恩峡湾

烟雨林峦迷水天,
千重飞瀑落蓝湾。
峡深但向精灵问,
何处云中海盗船。

辛卯夏日作于挪威

注/挪威位于北欧斯堪的那维亚半岛西部,接邻北冰洋,海岸线长,境内多峡湾,风景雄壮奇特、姿态万千,其中以松恩峡湾最为著名。挪威在历史上盛产海盗,是维京人及其龙首船的诞生地。

本诗写得瑰丽奇谲，充满想象。松恩峡湾崖险石奇、山高谷深，林峦葱郁、烟雨迷离，飞瀑遍布、海水幽蓝。在这样一个自然风景奇伟而又充满神秘色彩的地方，浪漫的诗人不免向天地间精灵发问：在这缥缈烟云蓝海之间，那艘电影中神奇的海盗龙首船何时出现，带我们进入美丽的童话世界？
/李子迟

　　当北欧意境遭遇中国古体诗，中国诗的天地大矣，"峡深但向精灵问，何处云中海盗船。"别有风情，别有味道。
/楚天舒

阿咏河漂流

峡谷丛林天地幽,
青石碧水任漂游。
千秋客过诗情在,
一曲长溪万古流。

壬辰初春与马斌兄弟于印尼巴厘岛

印度尼西亚巴厘岛上的阿咏河长11公里，有22处急流点，两岸均是原始森林，河流在深窄的峡谷中急进，迎面而来的忽而是茂盛的树林，忽而是辽阔的田野；忽而是阴森的蝙蝠洞，忽而是美丽的瀑布。变换无穷，令人赞叹不已。读罢此诗，蠢蠢欲动了。　　　　　　　　　　　　/复　强

只有感受过阿咏河漂流，才知真正的巴厘岛。世界旅游胜地，峡谷丛林，青石碧水，读之，仿佛听到一溪欢笑一溪歌。千秋景致，过客匆匆，只有长溪永流，诗情犹在。后两句既是对自然规律的总结，也是人生的思忖，意味深长。　　　　　　　　　　　　　　　/吕俊义

巴厘岛风景如画，天蓝、海碧、林幽。游客如过客，唯有美景诗情，像万古长流的溪水一样，永存天地。　　　　　　　　/陈海云

大明山赏花

万壑春风摆擂台,
吊钟方谢杜鹃开。
穿花百里盘山路,
时有飞云脚下来。

<small>壬辰春于广西大明山</small>

"穿花百里盘山路,时有飞云脚下来。"彰显山路之高耸入云,趣味盎然。

/复 强

"万壑春风摆擂台,吊钟方谢杜鹃开。"怡情逸景,清新自然。

/楚天舒

津郊采摘

紫串青瓜抱满怀,
红黄李杏一筐开。
蓝天碧水清风树,
几片白云顺手摘。

壬辰夏与付涛兄弟于天津宝坻京津新城

古人"手可摘星辰",今天诗人"顺手摘白云",一个"摘"字精妙之极!田垄之间,红黄绿紫,田园雅趣尽呈,不由令人奢叹:能做个了无牵挂的农夫真好。
/复 强

格律诗宜曲不宜直,最忌用白话写生活场景,写好了非常不易。作者有很高的文字造诣,"蓝天碧水清风树,几片白云顺手摘。"信手拈来,把采摘场景描述得十分生动传神,令人叫绝。
/陈海云

题天山天池

净水明山幻亦真,
雪魂冰魄本无尘。
画湖云影心常在,
便是凡身天上人。

壬辰盛夏于新疆天山

注 / 天池是世界著名的高山湖泊,位于新疆阜康县境内,是一个天然的高山湖泊。湖面呈半月形,湖水清澈,晶莹如玉。

去天池的人很多,写天池的作品也不少。雪山冰琢,云影天光,不迷人处也迷人。"净水明山幻亦真,雪魂冰魄本无尘。"亦真亦幻之间,诗自天成,人自超脱,"画湖云影心常在,便是凡身天上人。"在这物欲横流的世界,能为凡身天上人实为不易。 　　　　　/楚天舒

海边烤串

啤酒串香篝火红,
沙滩夜色好秋风。
星移斗转烟花散,
唯有心潮共海声。

壬辰秋夜与孙志海、邓秦巍于家乡锦州海边。

家乡情节是中国人最浓、最纯、最真的情，在文人笔下更增无限朦胧与惆怅。诗人贺知章的《回乡偶书》、王维的《九月九日忆山东兄弟》，离愁别绪都是脱不开的主题。对于每个人，家乡永远是美丽的记忆。故而诗人在海边，在沙滩上，简单地喝着啤酒，就着肉串，内心却是喜悦的、兴奋的，看到篝火是红的，夜色是美的，秋风是好的。纵使斗转星移，烟花已散，夜色深沉，但内心依然在激越着，因为故乡的云，因为故乡的风，因为故乡的人……心潮与海声相伴，注定会此夜无眠。

/吕俊义

海边烤串，热闹的场景，场景中的人没有区别。终有曲终人散时，区别就在这时产生。火灭了，酒尽了，夜深了，人睡了，唯有诗人之心随着海涛之声起伏。此诗的佳处，正在这里。

/李景新

怀柔垂钓

农舍柴门待客开,
白云红叶写秋怀。
闲垂碧水凭鱼意,
但有青山常往来。

壬辰深秋写于京郊怀柔

"农舍柴门待客开,白云红叶写秋怀。"闲适、淡雅、禅心、酒意。亲近山水,敬友重情,衣食无求,顺其自然。作者诗中多呈此意,颇有古之士大夫归隐山林后优哉游哉的生活。"闲垂碧水凭鱼意,但有青山常往来。"不疾世愤俗、无大鸣大放,虽然没有振聋发聩的声音,但足以在炎炎夏日灭却心头燥火。　　　　　　　　　　　/复　强

　　"闲垂碧水凭鱼意,但有青山常往来。"淡泊好句。　　/楚天舒

澳洲行 之一

潜水观鱼

斓草花鱼水底明，
南洋游潜一身轻。
欲知沧海白云事，
宜乘长风万里行。

癸巳大年初四作于澳洲大堡礁

大堡礁的水底在阳光下是透明的，潜游所至五彩斑斓，花草虫鱼近在咫尺，和诗人同嬉同乐，这个情景真是和谐美妙！人生若不游历天下，不能感知世界的丰富多彩，岂不白来世上一遭？"欲知沧海白云事，宜乘长风万里行"！

/复　强

澳洲行 之四

七律·澳洲回眸

朝伴阳光暮伴霞，
春风南去看秋华。
九天万里空海陆，
一日三餐鱼蟹虾。
随意跳行学袋鼠，
从容吃睡抱考拉。
蓝洋深处迷云海，
身在云中海是家。

癸巳正月结束澳洲游作于回京途中

这首诗画面生动，文字新巧，想象夸张，情趣盎然。诗人将自己在异国他乡游览期间的独特见闻、异域风情、海空驰骋、快乐心情很好地展示了出来，让读者也仿佛身临其境，徜徉在澳洲大陆那广袤、富饶、生机勃勃的土地上，与作者一起感受着这种愉悦奔放和缱绻多情。"蓝洋深处迷云海，身在云中海是家。"真是海上神仙。　　　　　/李子迟

此诗充满道法自然的精神，贯穿着清新恬静之韵味，一改文坛晦涩拘泥诗风。标高韵、尚自然，又继承了前人重视锤炼，讲究音乐感等好传统。全诗写春风霞光，写散淡自由，写云海之境，从形、势、声、韵几方面落笔，有声有色，有情有意，层次井然。"身在云中海是家"堪称经典，很有山水诗派鼻祖谢灵运的风格。　　　　　/卫海波

游乌金塘水库

一叶轻舟水上风,
春山花树几千重。
归来已见炊烟起,
摆酒渔家待钓翁。

癸巳春与王庆龙兄弟于辽西女儿河

注 / 乌金塘水库位于辽宁葫芦岛市,拦蓄女儿河中游河段而成。水库冬季结冰,三四月份开化。库区内的钓鱼岛是垂钓的最佳去处。

身居都市，心居山水；轻舟水上，花树千重，渔家有渔家的劳碌，渔家也有渔家的乐趣。炊烟四起，渔舟唱晚，吟风畅饮，可曾犹记，一叶扁舟出没风波里？

/楚天舒

五一踏青

黑土黄岩花愈明，
家乡五月草方青。
诗书万里人生路，
常与春风一处行。

癸巳春写于辽宁锦州

家乡五月,"黑土"、"黄岩"、"草方青"、"花愈明",色调鲜明、绚丽多姿,诗画合一,诗人展示出一幅家乡的浓丽画卷。与诗书为伴,与春风一处,共行万里人生,全诗境界顿开,高洁的情趣、儒雅的风尚,跃然纸上。读之,有"谈笑有鸿儒"(刘禹锡《陋室铭》)之感。

/吕俊义

"诗书万里人生路,常与春风一处行。"人生得意之大境界。

/楚天舒

诗中景色往往伴随心情而明暗。作为当地有名的神童,诗人此次回故乡,定然又受到亲友的热情接待,心情如沐春风自不必言。我觉得内蒙古文学网总编辑王锦江先生一首描写汤云柯的诗,颇于此境契合:"青春小鸟少年心,志在摩天敢入云。十六清华新弟子,九千汉字旧家门。时无壁垒当圈地,国有洪荒愿散金。不梦南柯人已美,布衣肝胆锦衣身!"

/复 强

夜宿丰盛寺

古刹门开山水多,
闲茶半盏小星河。
斋食夜泳归来后,
安枕清风睡卧佛。

癸巳夏与何忆平兄于广东清远

注 / 丰盛古寺坐落于广东清远市英德黎溪镇西边的佛光山,寺院被拥在湖水中央,四周围绕着雄壮起伏的罗汉护法山,壮观的大庙峡、香炉峡,受十方诸佛、菩萨的加持,是一个绝妙、殊胜的吉祥之地。

广东清远慈湖中的丰盛寺,以迎九华山佛像时空中现七彩佛光而名闻天下。诗人到此小驻,感受佛门的祥瑞,吃茶、吃斋、沐浴,心静如初,宛如处子,观如是:我心即我佛,似佛非佛,安枕清风,卧佛也。

/陈海云

题文莱红树林

清波白鹭引仙缘，
万树参天垂美髯。
怪相灵猴飞古木，
人间童话水天连。

癸巳初秋写于文莱斯里巴加湾

文莱国的红树林，岁月古老，闻名世界。在本诗当中，湛蓝碧清的海水映照着长天白云，红树林的一棵棵古木，无数根须垂落水中，像美髯公关羽的一把漂亮胡须一样；众多白鹭翩翩飞跃，千姿百态的猴子们在树林中腾挪跌宕，生机盎然。这边是人间，那边是童话，连接着他们的不过是一段很浅很窄倒映着天空的海水。美丽神奇的童话之境离我们就是如此之近！

/李子迟

题九溪烟树

清溪九曲绕篁楠，
千亩茶林生翠烟。
枫树杂花叠水色，
闲庭一路入云峦。

癸巳初秋于杭州漫步

西湖之西，群山之中，九溪十八涧，杭州胜景，多为世人称道。明代诗人张立赞曰："春山飘渺白云低，万壑争流下九溪"。清代学者俞樾游后赋诗："重重叠叠山、曲曲弯弯路，丁丁东东泉，高高下下树。"诗人云柯笔下的七绝就是一幅传统的中国山水画卷——九溪烟树图，近景着墨，远景收笔，虚实结合，浓淡相宜。清溪、簧楠、茶林、枫树、杂花为近景，实景下笔；翠烟、水色、云峦，由近及远，虚处收尾，留下无限思考空间，有"行到水穷处，坐看云起时"（王维《终南别业》）之感。此诗用苏东坡评价王维的"诗中有画"亦不为过。善于使用数字是本诗另一特点，九、千、一，实数虚数结合，用在妙处。

/吕俊义

作诗要有闲情，即一种有闲的心情，精神有闲。何为榜样？此诗便是。

/楚天舒

游亚马逊水上森林

大河浮影象千重,
万里风云水上生。
百兽群鱼迷古木,
蓝天飞鸟总从容。

甲午夏日于世界第一大河亚马逊

"大河浮影象千重，万里风云水上生。"此诗开篇气象宏大，风生水起，自不待言。紧接着百兽群鱼的"迷古木"，映衬着蓝天飞鸟的"总从容"，才知道亚马逊河之"阔"！之"生机盎然"！此诗的"迷"字用得极好。

/张林先

南美洲的亚马逊河，河面宽广、水量丰沛，流域内古木参天、物种繁多，气势磅礴不凡。诗人畅行于亚马逊河的水上森林之间，即为这壮美的大自然所深深震撼了，将自己的胸怀与眼前场景完美相融，方有这等画面开阔壮丽、风格雄奇奔放的作品。

/李子迟

此诗虽写蕃域，却古风盎然、气象万千。语言工整精练，意象清新自然，浑然天成，令人激赏。汤兄平生踏遍山河万里，常以高山深谷、幽景奇观为描写和抒情目标，而非仅以陶渊明种种"采菊东篱下，悠然见南山"的悠闲眺望为满足。正因如此，此诗方能准确地表现出异国他乡大河丛林的神秘气象。

/卫海波

乘舟访印第安土著

千里长河连海平,
舟飞绝似御风行。
丛林忽入歌声起,
水色天光万树明。

甲午夏于巴西亚马逊河

注／巴西亚马逊有当今世界上保存最原始最大最好的热带雨林。远离都市尘嚣和人类工业文明,使得亚马逊热带丛林成为一座返璞归真的孤岛绿洲,被称为"地球之肺"和"绿色心脏"。在亚马逊热带雨林深处,居住着近百个印第安人部落,他们靠打猎、捕鱼为生,无论男女皆赤裸上身,唱着外界人听不懂的土著歌谣,与世隔绝,自娱自乐。

亚马逊河的雄伟壮阔，让人豪气顿生，所以诗人才会描摹出"千里长河连海平"的气势。接句"舟飞绝似御风行"则如入仙境，好像"列子御风而行,泠然善也"，那种飘飘欲仙、乘风破浪的感觉实在轻盈美好！歌声忽入、万树突明，印第安人的家园让人倍感神秘和好奇。

/复　强

　　"丛林忽入歌声起，水色天光万树明。"写闲诗中之好句。

/楚天舒

腾格里沙漠记游

沙海轻车驾浪奔,
棘花芦苇偶出尘。
方惊风雨连云暗,
又见天开满地金。

甲午夏日于内蒙阿拉善

贺兰山下的腾格里沙漠,是我国四大沙漠之一,气象变化多端。诗人亲身经历了西部特有的大幅度风云变幻的景象,"方惊风雨连云暗,又见天开满地金。"似乎让我们看到了当年李贺笔下"黑云压城城欲摧,甲光向日金鳞开"的一幕,有异曲同工之妙,写景开合突变,跌宕传神,令人称绝。
/陈海云

　　后二句写大漠转瞬即变的景象,奇特生动。　　　　　　/李景新

宿金蝉岛

清江飞坝起平湖,
烟水千重翠岛孤。
野浴归来鱼宴晚,
秋山可饮一杯无?

甲午秋与杨利民、都吉达等好友欢饮于松花江上松花湖。

烟水平湖，秋山对饮，写景抒情两相宜。古人雪夜绿蚁新醅酒，今人秋水鱼宴可微醺，正所谓千古高士心境相通。　　　　　/复　强

白居易曾问刘十九："晚来天欲雪，能饮一杯无？"此诗问山，问得好！　　　　　　　　　　　　　　　　　　　　　　　/李景新

抒情篇

红黄诗句写秋风

七律·灯火黄浦江

七彩霓虹似梦中,
一杯浊酒半江风。
声闻十里西洋镜,
威震黑白上海亨。
内外恩仇集散地,
古今商造率先功。
万国楼宇千姿色,
百代风流总向东。

乙酉夏夜与毛辰、邓培敏于上海浦东。

上海开埠至今，已历170年。作为我国现代商业文明的开拓者，其经历了太多的生意场上的波诡云谲和血雨腥风，又发展成为远东最大的商业中心。"七彩霓虹似梦中，一杯浊酒半江风。"诗人在回味惊心动魄的历史与文化、商场与社会恩怨情仇的同时，还是最终肯定了现代商业文明是历史大潮。青山遮不住，毕竟东流去，这一点令人印象深刻。

/陈海云

七律·圣诞童谣

火树灯花一岁开，
红袍今夜老翁来。
围炉热酒说新愿，
乘月寒衣上旧台。
但有童心分喜庆，
谁关教义惹兴衰。
马槽圣降千秋事，
快乐平安天下怀。

二〇〇五年圣诞节作于北京

西方节日的掌故用中国古代律诗表现得毫不露怯，难得。"火树灯花一岁开，红袍今夜老翁来。"首联即有电影画面感，色彩、动作跃然文字间。"但有童心分喜庆，谁关教义惹兴衰"二句更是抛却宗教内涵的争议而直取喜庆的形式为我所乐，有一种洒脱的实用主义色彩。

曾几何时，英文以横行天下的霸气、基督以文化时尚的招牌登陆中国，一些年轻人已经把圣诞节等同于春节了。西方文化随风潜入夜，正悄悄改变着中国的未来。美学大家朱光潜先生提倡"诗贵在意象显，而意义贵隐和深"，"马槽圣降千秋事，快乐平安天下怀。"这首诗中，中国传统文化和西方主流文化的冲突碰撞、终至融合的大趋势，已隐然可见。

/复　强

"但有童心分喜庆，谁关教义惹兴衰。"句好意好！　　　/楚天舒

题南宁中山路夜市

夜市千灯暖碧霄,
垂涎尤是烤鲜蚝。
南来邕水沙尘静,
块垒人生一醉淘。

丙戌春与壮族兄弟李革大排档畅饮,写于南宁。

广西南宁市中山路夜市美食一条街，灯火辉煌，通宵热闹，照得天下皆暖；美食琳琅，香飘十里，江水亦如好酒。邀三五良友宾朋，举杯痛饮，畅快淋漓；饕餮品味，大口鲜蚝，怎不快哉！舌尖上的南宁，舌尖上的中山路。此诗写得色香味俱全，让人如身临其境，美酒佳肴仿佛就在眼前，真是满口生津，垂涎三尺。

/李子迟

"夜市千灯暖碧霄，垂涎尤是烤鲜蚝。"南国夜市多灯红酒绿，春暖花开，熙熙攘攘接黎明不绝，夜市摊贩为营生而热闹，诗人为美味垂涎而添风景，南来邕水，块垒人生，也因水沙尘静而涤荡无存。

/楚天舒

七律·重登五台山

书剑飘零惯等闲,

桑田沧海一念间。

佛门圣地三香拜,

碧水青山九世缘。

知有无涯称不惑,

胸怀大道自欣然。

荣华生死何足愿,

盛世相期数百年。

时逢中青企协山西盛会,二〇〇六年五月八日四十岁生日与青企协读书会兄弟于五台山五爷庙上头炷香,保佑国泰民安,朋友们健康快乐。

登五台山深结善缘，或与诗人研佛有关。"书剑飘零惯等闲，桑田沧海一念间。佛门圣地三香拜，碧水青山九世缘。"均为好句。四十不惑，知有无涯，心胸坦荡，潇洒自如。　　　　　　　　　/楚天舒

那年哥几个共游五台，快乐至极，晚宿山上，我们每人还练了一趟拳，曾钫南拳，保国单刀，我练的太极，云柯打的是形意。第二天，适逢云柯生日，故让他烧了五爷庙的头炷香。午饭时，诗意大发，在餐巾纸上写了这首诗。

喜欢"知有无涯称不惑"这句，孔夫子说：四十不惑。怎么就不惑了？是什么都明白了？不是。不惑，是知道有的事情永远不能穷尽，有的事情永远不能明白，是"无涯"的，因而淡定从容。　　　　　/张林先

普陀山拜观音

乘风踏浪访佛国,
万树海天升普陀。
感念当年不肯去,
人心道场一山得。

丁亥初春与童媛春、程泊霖同游东海普陀山。

注／公元863年,日本高僧慧锷请观音圣像东渡,至舟山群岛狂风巨浪铁莲万朵,多日无法成行,遂于普陀山留建"不肯去寺院",始成观音道场。

观音大士啊观音大士，好在您当年不肯前去东瀛，方留下普陀圣地、东海佛国。诗人乘风踏浪而来，于海天茫茫中登临观音道场，赞颂菩萨慧眼远见，方有今日神圣道场与天下人心两者兼得。更有拳拳爱国赤子之情，及对当今日本政府一些行径不得人心的隐讽，话外有话，弦外之音，意味无穷。

/李子迟

百色品茶

小上茗楼览右江,
烽烟人物两茫茫。
茶娘如画夜如水,
岁月沉浮一品香。

丁亥春于广西百色市百年茶楼长裕川

"茶娘如画"四字令人神往矣！一二雅士高楼举步、凭栏观江，素雅茶娘远胜于如花舞伎，品茗论道远胜于煮酒欢歌。王朝兴废的历史尘烟已然化作玉女纤纤素手下的缕缕茶香，留给后人的只有无限的遐思而已。

香茗、美女、夜色、高楼，明月照江流，良友春四座，此乐何及？

/复　强

这首小诗韵味隽永，值得品咂。广西百色这座壮家名邑，也是当年邓小平等人领导百色起义，创建红七军、红八军的地方。诗人登上百年茶楼长裕川，推窗即见右江粼粼水波、悠悠东去，顿觉这历史的烽烟、杰出的先人，皆已遥远惝恍。沏茶的姑娘美如画中人，夤夜的天色清凉如水，而岁月的沉浮起落，不过就像手中的这杯香茶一样，一饮可尽。"茶娘如画夜如水，岁月沉浮一品香。"举重若轻，平平淡淡才是真。

/李子迟

游天涯海角

临风椰树望无边,
碧海平沙已等闲。
一尺素心何处寄,
山中岁月海中天。

戊子春于海南三亚

"碧海"、"椰树"是对南中国海岛的典型描述，面对此情此景，诗人的"一尺素心"寄于何处？——"山中岁月"与"海中天"，表达了诗人一种寄情山水的闲情雅致与高洁情趣。孔子曰："智者乐水，仁者乐山"，诗人合有智与仁的素心，故能发山海清音。　　/吕俊义

　　诗人在海南三亚游览天涯海角，望着那微风吹过广袤无边的椰树林，以及碧蓝的大海、平坦的沙滩，风景壮丽，气象万千。那么，这胸中的一尺素心该寄托于何处？当然是山林中的岁月、大海中的光阴。一副淡泊超然、自在逍遥却又心怀寰宇的既平常又不平常的心境。　　/李子迟

五律·国哀

痛彻苍生事,
春来苦雨多。
家贫儿女孝,
国难众人和。
举泪筹灾款,
挥师战鬼罗。
长笛祭天地,
重整待山河。

作于二〇〇八年五月十九四川大地震国哀日

5·12大地震后,作者第一时间携带救灾物资前往汶川灾区。目睹了震后的惨状和举国赈灾的场面,真正感受到了"家贫儿女孝,国难众人和"的中华情怀,亦坚信"长笛祭天地,重整待山河"的力量和决心。

/陈海云

七律·亲历灾区

满目残垣哀九洲，
行人欲问泪先流。
山崩黄土遮白日，
地裂灰墟照蜀钩。
忍看双亲哭幼子，
怒寻官舍比学楼。
爱心四海勤国难，
冷暖人间几度秋。

二〇〇八年五月作为志愿者赴地震灾区，写于四川什坊。

2008年汶川大地震期间，诗人作为志愿者前往四川抗震救灾。这首诗通过对现场所见所闻的描绘，抒发了诗人忧国忧民、悲天悯人的情怀。

诗人满眼所见是残垣断壁、危楼废墟，一派悲惨景象，不免为神州祖国、黎民苍生罹遭此大难而感到哀恸。路上行人相遇问候，还没开口便已双泪直流。不过是一刹那间，山崩地裂、惊天动地，黄土遮蔽了太阳、灰墟映照着弯月，真是人间地狱啊！

一边是不忍看到，中年丧子之痛；一边是愤怒地发现，中小学校的教学楼、宿舍楼多是"豆腐渣工程"，在地震中大量倒塌，许多师生惨死，而当地的政府大厦因材料过硬、修造认真，仍屹立不倒；两相对比，让诗人十分气愤和痛苦。好在人间更有真情，天南海北的人都出于爱心赶来支援，世上就是这样有冷有暖。

/李子迟

兴科十周年

谈笑音容何处寻,
碧宵谁与论当今。
一壶浊酒十年泪,
洒向苍天换旧琴。

二〇〇八年七月二十九日挚友吴兴科十年祭日,
与清华同窗缪嘉军、李幼平相聚泪饮,作于桂林。

大学时代，作者就与吴兴科是无话不谈的挚友，常常是一地啤酒瓶彻夜不眠，古今中外无所不谈。后又一同经历了政治风雨的洗礼，感情更加深厚。然而，造化弄人，兴科竟然英年早逝，作者的悲痛无以言说。十年过去，"十年生死两茫茫，不思量，自难忘"，诗人写下了痛彻心扉的悼亡诗，"一壶浊酒十年泪"是诗人痛在心中最深处的真实写照。

/陈海云

七律·诗魂

——海子二十周年祭

零落诗音久忘言,
凭湖依旧雨如烟。
云中白翼归何处,
梦里清河去那边。
麦地阳光晒风骨,
春花大海向人间。
红尘纵使能蔽日,
总有心灵一片天。

二〇〇九年三月二十六日诗人海子去世二十周年,作于南宁南湖细雨中。诗中"云中白翼"、"梦里清河"、"麦地阳光"、"春花大海"等语句均选自海子诗作,以兹怀念。

中国梦，这是近两年的热门词。反复拜读云柯的这首诗后，我突然想说个带温度的感性词：中国梦，诗人梦！

诗人梦是什么？这里面肯定精神层面的东西更多些。"云中白翼"、"梦里清河"、"麦地阳光"、"春花大海"，只看看这些诗人从海子诗里精心"化"出来的美好意象，我们就该读懂诗人在向往什么了！

云柯是在海子去世二十周年时写下的这首诗。记得几年前，我曾写过一篇小文，里面有个观点，说是海子走了，也带走了诗歌。圈子里有朋友认可我的说法：从20世纪末到现在，尽管我们依然不愿意承认诗歌每况愈下的生存环境，但诗歌和诗意越来越被忽视却是一个不争的事实。海子所在的时代，人们对诗歌和诗人还有所关注，现在恐怕只有诗人自己关注自己和作品了！这是可悲的，同时也是希望的所在！因为古语里有句话叫物极必反，当社会对物质极度追求之后，心灵一定会有种窒息感，它一定渴望找到个出口，而温暖的诗歌，这时候便会起到抚慰的作用。

所以，云柯写下的这首诗，不仅是为诗人海子招魂，也是在为诗歌招魂。"红尘纵使能蔽日，总有心灵一片天。"——天空不会总被遮蔽的，我们坚信这一点！

/宋　湛

北川老县城

千疮楼宇寂无声，
十米泥沙半座城。
野树残垣惊月影，
一年青草泣春风。

己丑春四川大地震周年作于北川

注／汶川大地震中，北川羌族自治县整个县城几乎全部被毁。地震之后，经国务院批准，新北川县城移址到距离老县城23公里之外的开阔地带——安县安昌镇。北川老县城作为地震遗址被永久保存。

由于救灾，作者数次前往北川，对灾区的一草一木倾注感情。惨烈的灾后场面虽然已目睹多次，但再次面对彻底毁掉的老县城，诗中还是透露了作者心中的悲痛和不忍。真可谓：字字都是血，何处泣春风。

/陈海云

七律·灾区周年再访

再度春来路已新，

残村鸡犬又相邻。

板棚炊火辣香味，

陋室书声天籁音。

莫论英雄忧蜀道，

须凭豪气上青云。

感恩一曲倾城泪，

碧水家园万众心。

二〇〇九年五月十四至十七日参加东方爱心基金会及全国工商联捐款活动，回访一年前捐建的简易小学，作于四川什邡。

天灾人祸总是人间大痛，汶川地震死伤无数，世人共哀。诗人悲悯，逝者已矣，生者更需关心与呵护。蜀道虽艰，但心有豪气冲云，情怀天下，难能可贵。"板棚炊火辣香味，陋室书声天籁音。"生命总是顽强，人间烟火生生不息，可敬可爱；"感恩一曲倾城泪，碧水家园万众心。"世间大爱无疆，劫后余生者自当百倍珍惜。　　　/楚天舒

论道

惯看风云惯看山，
居为过客悟为仙。
从容万事即得道，
半在心田半在天。

己丑夏日作于南宁

岁月悠悠，人世荏苒，滚滚红尘，声色犬马。看惯了风云激荡、看惯了千山万水，安居者只是人生过客，而领悟者才是仙家高士。对世上万事万物能做到从容淡定、不为所动，一半在自己心中、一半在云霄之上，那才是真正的得道之人，是值得推崇的智者。本诗境界高远，深谙哲理。

/李子迟

五律·中秋

中宵归故里,
秋色一轮明。
海近尘烟少,
山凉神气清。
开樽忘荏苒,
对月看虚盈。
我欲游云汉,
长歌万里行。

二〇〇九年十月九日建国六十年中秋夜作于渤海之滨锦州

诗人在中秋佳节回到故乡，见一轮圆月高挂夜空，无比明亮。锦州是滨海城市，少尘烟雾霾，空气清新洁净；又背靠青山，更加神清气朗。山海之间，举酒畅饮，即已忘却匆匆岁月如白驹过隙；抬头望月，却又忧虑家国的阴晴圆缺。放眼长空明月，云汉迢迢，不由得一曲长啸，神游万里！

/李子迟

题汗血宝马

额上白云脚下风，
江山几代任君行。
一朝帝榻笼中物，
何若扬蹄万岭中。

庚寅春于天津武清观汗血宝马有感而作

汗血宝马是一种产自西域大宛一带（今中亚诸国与中国新疆等地）的神驹，它全身毛发肤色通红，额头上却有一块白毛，像是浮起的云团，非常俊美；日行千里，脚下生风，奔跑起来渗出的汗水像鲜血一样，非常稀有名贵。汗血宝马在古代历史上曾纵横大漠，驰骋疆场，风云激荡，立下赫赫战功。但它如今来到中国，就像是金丝雀进了笼子里，再也不能在大漠中飞奔无羁。倒不如还其自由，将它放归大自然，扬蹄飞驰。本诗表达了诗人对天地精灵汗血宝马只能成为观赏品的感慨，抒发了对自由的赞美。

/李子迟

访阳明洞

石洞风凉古柏青,
佛心儒道有阳明。
尘名功业任挥洒,
格物良知天下行。

庚寅春专程赴贵州修文,拜谒阳明先生悟道与讲学之地。

当年明朝大儒王守仁即阳明先生被贬责黔省，在此遭尽苦难，钻研学问，潜心悟道，提出"心即理"、"知行合一"、"致良知"等重要思想。此地虽偏处西南一隅，却因阳明先生而文气鼎盛、影响至今。诗人专程游览、凭吊贵州修文的阳明洞，甚为感慨，方有"尘名功业任挥洒，格物良知天下行"这样的共鸣和识见。该诗能很好地将人与事、景与理、情与思结合起来，全篇浑然一体；徐徐道来，文字简洁，却意味隽永深刻。

/李子迟

云柯对阳明"心学"十分推崇，常和柏霖、我一起探讨，也常在读书沙龙中讲习心学，很多阳明的典故，都是从他那学到。他很钦佩王阳明融汇儒释道精华，不仅开创理论，而且能以此建功于社稷，成为"立德、立言、立功"三不朽的先哲，故能"尘名功业任挥洒"。一代大儒，盖世无二！

/张林先

"尘名功业任挥洒，格物良知天下行。"既洒脱又有担当。

/楚天舒

缅甸大金塔

一览金身接大荒，
赤足石板跪苍茫。
贫寒富贵烟尘相，
净土心中是圣堂。

庚寅夏于缅甸仰光

缅甸是典型的佛国寺林，原首都仰光的大金塔是佛教圣地，举世闻名。见到虔诚的信徒们光着脚，长跪在石板地上，不免有人生苍茫的喟叹。在诗人看来，万物皆灵，众生平等，贫寒与富贵的差别不过是一种世俗烟尘的现象罢了，在佛国净土的境界里，在超越世俗的信徒与高人心中，一切都是美好神圣的天堂。此诗富有人生哲理，充满佛教禅机，还有一定的民主意识。

/李子迟

"一览金身接大荒，赤足石板跪苍茫。"白描形象，虔诚可见。

/楚天舒

七律·世博会观感

辉煌江浦聚风流,
世上熙熙眼底收。
一地豪华十地贡,
万国博览举国游。
每逢盛景惜民赋,
不爱烟花蔽楚钩。
玉殿龙舟皆逝水,
人心千古大江秋。

庚寅秋写于黄浦江畔世博园

上海世博会繁花似锦，盛况空前，黄浦江两岸人潮滚滚，万头攒动，天下千千万万风流人物、精彩产物皆汇聚于此，蔚然大观。这一人工盛景在诗人眼中，却不过是"众人熙熙，皆为利来"，世博会这一地之豪华，不过是各地的进贡堆砌；打着万国博览会的名义，其实绝大多数游客都是本国自己的同胞，很多还是单位组织，公款旅游。民脂民膏，挥霍铺张；兴师动众，劳民伤财。好大喜功，吾邦之痼疾；大兴土木，天朝之久弊。昔日的兴建玉殿龙舟的帝王皆如流水般逝去，只有关心百姓疾苦，造福于民，顺应民心才符合历史潮流。本诗境界很高，"一地豪华十地贡，万国博览举国游。"批判尖锐，文笔犀利，"每逢盛景惜民赋，不爱烟花蔽楚钩。"一腔爱国爱民的正直之心，唯天可鉴。

/李子迟

三亚南山寺

人间何幸比南山，
碧水苍茫认世颜。
放下千秋福寿愿，
此心常在海云天。

庚寅秋与郭梁等参加清华校友工作会作于海南三亚

面对三亚南山寺辉煌建筑、鼎盛香火、如织人流,诗人心中早已放下尘世的俗念,尽情享受着碧浪白沙、海天一色、云卷云舒。"放下千秋福寿愿,此心常在海云天。"这是大觉悟、大自在。　　　　　/陈海云

全诗不写寺院,而佛寺禅心已在其中。汤兄勘破世情,却心在万里海云,豪宕、飘逸,字字透着仙气,字字饱含性情。真正是"奇才宿秉逍遥客,道骨修成隐逸仙。"　　　　　　　　　　　/卫海波

七律·新年祭父母

年年膝下绕欢情，
今岁佳节何处行？
一世亲恩隔咫尺，
两抔黄土系漂萍。
安居草贱忧天下，
不入权达做苟营。
唯有诗心能告慰，
寒来犹见此山青。

二〇一一新年写于锦州爸爸妈妈墓碑前

"一世亲恩隔咫尺,两抔黄土系漂萍。"读此诗,思严父,青衫欲湿。

/复 强

本诗感情发自肺腑,风格真挚质朴,并洋溢着爱国爱民、洁身自好的高尚情操。诗人在新年之际伫立于父母的墓碑前,想起曾经与父母相处的种种欢乐场景,情不自禁心中感慨万千。昔日年年能回到家里,孝敬双老,承欢膝下,享天伦之乐,可如今他们已经作古,阴阳暌隔,今年的春节又该去哪里过呢?慈严双老在墓茔里,看来似乎只是咫尺之距;给新坟捧上两把黄土,已连接上自己永远的怀念。虽为一介平民,却仍不忘心系社稷百姓;时刻牢记当年父母的叮咛教诲,绝不做随波逐流、狗苟蝇营之辈。只有一首小诗、一腔真心可以告慰双亲的在天之灵,哪怕天寒地冻、万物萧条,还是能看到坟山上草木青翠、生机一片,那也许正是双老欣慰之意的呈现。

/李子迟

亲情至尊,孝感天地。"唯有诗心能告慰,寒来犹见此山青。"唯情真,诗才真。"一世亲恩隔咫尺,两抔黄土系漂萍。"能跳出来,很有新意。

/楚天舒

七律·迎辛卯新春

屠苏一盏共无眠,
岁月江边似客船。
灯火家国忧亦乐,
冬春时令暖还寒。
三间陋室诗书画,
万里豪情山水天。
来去不关荣辱事,
尘埃扫净过新年。

辛卯春节作于邕江之滨南宁

新春时节，天气乍暖还寒，居于邕江之滨，望灯火阑珊中的美好家国，不觉抒发了"忧亦乐"的情感，与范仲淹在《岳阳楼记》中"先天下之忧而忧，后天下之乐而乐"的千古家国情怀是一致的，立意高远博大，发人深省。"三间陋室诗书画，万里豪情山水天。"语言对仗工整，内容高洁雅致，读来字字珠玑。"来去不关荣辱事"与作者《登重建鹳雀楼》中"毁建无关山海事"表达了同样的情感。"尘埃扫净过新年"与王安石《元日》中"总把新桃换旧符"创设了同样的意境。

/吕俊义

此诗有击铁板铜琶，高唱大江东去之气慨。　　　　　　　　/楚天舒

七律·有感本·拉登之死

今日枭雄终正首，
惊魂犹忆毁双楼。
孤身圣战敌天下，
乱世奇谋慑五洲。
魔道开合无胜负，
人心向背有春秋。
强权难续平安梦，
上善涓涓入海流。

写于二〇一一年五月二日

"今日枭雄终正首，惊魂犹忆毁双楼。"一代枭雄本·拉登，利用现代文明创造的航空器，制造了除核弹爆炸之外的最大爆炸惨案。"魔道开合无胜负，人心向背有春秋。"作为反文明的邪教，是不能被文明社会所接受的。作者一方面描述了恐怖大亨的惊世恐怖行为和影响，同时，又指出铲除恐怖主义既要治标，更要治本。"上善涓涓入海流"才是根本。

/陈海云

本·拉登一代枭雄，但他开启是的魔道，他是有罪的。虽然"上善涓涓入海流"是治世之大道，但还是需要强权作基础，维护、维持平安梦。

/楚天舒

题曲阳定瓷

淘土成坯琢釉雕，
千秋唐宋汇山窑。
诚心一拜东风备，
化朽为奇待火烧。

辛卯夏日于河北龟岭山房

定瓷乃宋代五大名窑之一，前人留下的传统风俗要在烧窑前祭拜窑神，祈求烧制顺利，故诗人有"诚心一拜"之说。"化朽为奇待火烧"乃是诗眼所在，无论人、物，要做到化腐朽为神奇，必须经过巨变、磨难、涅槃重生，方能有所成，正如孟子"故天将降大任于斯人也，必先苦其心志，劳其筋骨"之点睛金句。　　　　　　　　　　／复　强

　　"诚心一拜东风备，化朽为奇待火烧。"有新意。　　　　／楚天舒

七律·国庆随笔

一品天高万里云，
烟霞秋色染光阴。
仙游四海怀儒念，
俗卧京城有道心。
把盏湖山轻富贵，
奔波风雨重亲伦。
常凭诗酒回唐宋，
拙守真情越古今。

二〇一一年十月一日写于北京

这是一首在国庆节写的最没有"国庆"味的诗歌，毫无"颂歌"的成分。诗人只是在国庆之日，抒发了自己高洁而丰富的人生感想。金秋气爽，天高云淡，万山红遍，层林尽染。当诗人游历名山大川之时，却有儒家入世的精神，心系家国；而当诗人安居京城之时，又像道家一样淡泊名利，洒脱自如。在湖山之间畅饮，早轻功名富贵；在风雨之中奔波，唯重亲情人伦。边吟诗边饮酒，仿佛回到了唐宋；守住一腔真情，可以穿越古今时空。以鲜明的对照，彰显豁达人格；用意反弹琵琶，使得该诗艺术风格独特巧妙。

/李子迟

若纯从此诗看，诗人应是中国传统文化的衣钵继承者。心胸坦荡、志存高远、情怀天下、忧国忧民这都是中国知识分子的好品质。但中国传统文化是一种精糟并存、泥沙俱下的文化，时至今天，我们仍得益于此，也受害于此；我们得有批判地、有鉴别地继承。西方文明中对我们有益有利的东西我们总是学得太慢，融合得太慢，改变得太迟。我们要从一切知识的根源、教育的根源高度警惕地、审视地继承中华传统文化。不可以别人精神上西装革履、牛仔裤行天下，我们还是一身长衫，满口之乎者也行天下。与时俱进，我们才能面朝大海，五谷丰登。

/楚天舒

香山秋题

年年风景此山中，
枫叶相识人不同。
旷古离愁无寄处，
红黄诗句写秋风。

辛卯深秋与殷石登香山而作

香山红叶，满坡绚丽，层林尽染，天下闻名。诗人与好友在深秋时节登攀香山，遂有此一等佳作。前两句就有很浓的诗意、很深的韵味：香山之中年年都有美景，可年年满山枫叶是相似的、相识的，而游客却每次都不相同，面孔是陌生的，变化不断，让人顿生物是人非、岁月沧桑之感。朋友见面之后，也很快就要分手。这旷古少见的离愁别绪，几乎没有可寄托之处，只好将其与红叶一起写入诗中，有红有黄，有声有色，尔后随秋风至远，流传百世。最后一句"红黄诗句写春秋"乃神来之笔，有色彩有动感，韵味深长。

/李子迟

　　这是一首即景抒情的优美的小诗。"去年今日此门中，人面桃花相映红。人面不知何处去，桃花依旧笑春风。""毕竟西湖六月中，风光不与四时同。接天莲叶无穷碧，映日荷花别样红。""古人无复洛城东，今人还对落花风。年年岁岁花相似，岁岁年年人不同。"我举出这些诗句，大家就不难看出，这首诗的前两句，对古人作诗的构思和手法是有所借鉴的。音节回旋，哲理内含。第三句荡开，为旷古的离愁都寄到何处了呢？第四句收到红叶上，原来都把那心中的秋意寄托在红叶之上了。转结自然，诗味浓郁。

/李景新

　　"年年岁岁花相似，岁岁年年人不同"（刘希夷《代悲白头翁》），香山依旧，叶红人非，秋风、秋景、秋声、秋色，更增无限秋日"旷古离愁"，"红黄诗句"推陈出新，是此时内心最好的表达。

/吕俊义

新年寄友

游居四海不知年,
乐有亲朋伴岁寒。
纵使功名无一是,
敢凭诗酒论湖山。

二〇一二年一月一日新年短信

"纵使功名无一是,敢凭诗酒论湖山。"豪气干云,潇洒自如,大境界。

/楚天舒

壮游天下,四海为家,日子不知不觉过去,让人忘记了春秋辰光,高兴的是能同亲朋好友相伴,一起度过风雨岁月。纵使毫无功名利禄可以炫耀,但在山水之间,在诗酒之时,照样可以指点江山,宏论天下。本诗格调很高,气势豪迈,充满知识分子情怀。"纵使功名无一是,敢凭诗酒论湖山。"足壮天下寒士。

/李子迟

"纵使功名无一是,敢凭诗酒论湖山。"凭此一句,诗人之名,可传后世矣!

/复 强

巴厘岛观潮

万幻千姿云九重，
黄沙碧岛沐天风。
汪洋巨浪凭吞吐，
一盏闲茶听海声。

壬辰初春于印尼巴厘岛

作者运用绝句，擅长转结，往往前两句看似平常，后两句就能瞬间出现惊人的句子。这首诗的精彩之处，就在后二句。"汪洋巨浪凭吞吐"所写乃是一种富有气势和雄壮之美的场面，这种场面便于表达雄心壮志和英雄气概。然而作者却以"一盏闲茶"的淡然心境处之，出人意表。仔细品味，又别有境界：面对如此阔远威猛的汪洋巨浪，却显示出悠然闲逸之心，则主体之胸怀，又在这个反衬之中表现了出来。笔法曲折含蓄，意境高远。　　　　　　　　　　　　　　　　　/李景新

　　"汪洋巨浪凭吞吐，一盏闲茶听海声。"大超脱。　　/楚天舒

　　置身事外，静观巨变，好一派气定神闲的逍遥气度！凭海临风，品茗赋诗，唯大英雄能本色，是真名士自风流。　　　　　　　/复　强

梨园赏花

锦衣馔玉不足夸,

万树园中度岁华。

一夜春风颜胜雪,

三杯好酒趁梨花。

壬辰春日,恰逢德翰唐果园万树梨花盛开,与书法家姜彦大哥同邀众好友赏花饮酒,写于北京宋庄。

梨花洁白娇媚，但是梨花却不好写。此诗中，作者聪明地避开以梨花作为对象的描写，把重点放在作者赏花时的感受上。前两句以对比的手法，用豪华的物质生活做反衬，表达了在梨园中获得的美感远胜于彼。后二句可谓精彩之句。"一夜春风颜胜雪"是唯一的正面描写梨花的句子，但其意在于引出第四句：有如此和煦的春风，有如此忽然盛开的梨花，心情之愉悦如何表达呢？"三杯好酒趁梨花"，妙极了！趁着梨花的娇媚，引来三杯好酒，怡然之情溢于言表，可谓不着一字，尽得风流也。 /李景新

锦绣华丽的衣服、高级可口的饭食都不值得夸耀；在这万树梨花的园子里度过岁月年华，其实也挺幸福的。一夜春风吹拂，万树梨花盛开，比雪花还要洁白好看，风景实在是太美丽了！趁着这花海美景，赶紧喝下三杯好酒，这种感觉真不错，日子还是蛮惬意的嘛！诗人处江湖之远，赏景饮酒，抒发了一种旷达淡泊的心情。 /李子迟

"一夜春风颜胜雪，三杯好酒趁梨花。"好景好情好句！ /楚天舒

七律·保钓

千年倭患几时休，
壮士纵身沧海流。
羞与肉食谋战策，
敢凭赤手向狼舟。
怀蛇喋血金陵泪，
养虎殃国甲午仇。
论道何曾服寇小，
还须长剑定金瓯。

壬辰秋起，海岛狼音，夜长不寐，奋笔成诗。

全篇字字拈来，均沉甸甸，点点都是爱国情怀。"壮士纵身沧海"与"赤手向狼舟"是一幅多么威武雄壮的画面，读来有辛弃疾"气吞万里如虎"的气概。"金陵泪"、"甲午仇"，历历在目，怎能忘？诗人一腔爱国豪情跃然纸上，面对东洋小寇，执"长剑"，定"金瓯"，捍卫疆土永固，主权何时均需在手，这是诗人的奋笔疾书与真情呐喊，更是每一个热血中华儿女的不二选择。全诗处处给人的是勇气和力量，更体现的是一种博大的民族情怀。

/吕俊义

中日两国关于钓鱼岛的领土之争再起风波，日本右翼军国主义势力蠢蠢欲动，令亿万中国人义愤填膺，亦令诗人夜不能寐，怀一腔爱国热血，翻然起身，奋笔疾书，作下此诗，词句犀利尖锐，洋溢着战斗的豪情。日寇侵华之患，何时才能休止？多少中华壮士英杰纵身大海，为国捐躯，前赴后继，可歌可泣。"肉食者鄙，不足与谋"，保卫钓鱼岛，须备好长剑。此诗含意深远，发人深省。

/李子迟

"羞与肉食谋战策，敢凭赤手向狼舟。""论道何曾服寇小，还须长剑定金瓯。"书生情怀，英雄气概，胸臆直书，好男儿！　　/楚天舒

京郊培训

湖影天光山两重，
昼读书本夜读星。
一别垂柳清风去，
更向白云万里行。

壬辰秋参加金融培训，写于北京怀柔。

上帝创造了乡村，人类创造了城市。离开大都市的喧嚣，能够在京郊怀柔重山环抱中，看天光湖影，读书阅星，本身就是一种放松和闲适。"昼读书本夜读星"，巧妙化用范成大《四时田园杂兴》中"昼出耘田夜绩麻"句，古风古韵犹存。后两句足见诗人博大的胸怀、高远的志向和无所羁绊的脚步。"一别垂柳清风去"多么潇洒自若，"更向白云万里行"步履轻松、志向坚定，一往无前。　　　　/吕俊义

　　"昼读书本夜读星"，"读"字用得巧。"更向白云万里行"，格调结得高。　　　　/李景新

题雪中梅花

闲愁自古是花痴,
乱写孤高寒苦诗。
四季天生皆自在,
冰心尤爱雪飘时。

壬辰冬大雪作于北京

"四季天生皆自在,冰心尤爱雪飘时。"超脱自在。　　　　/楚天舒

我高高兴兴地绽放在自己喜欢的时间,生长在自己喜欢的地方,偏有一帮附会文人说我孤苦伶仃、清高冷傲,子非鱼,安知鱼之乐？不党、不媚,洁净自然。诗人从另一角度解读了雪中梅花的快乐,不寻常,亦不孤傲,天生四季,寒暑顺时。不喜欢"群芳争艳",亦不必"孤芳自赏",从容自在。　　　　/复　强

品酒宴记事

灯花夜色葡萄香,

岁月沉醇细品尝。

玉液一杯千古事,

兴衰都是好时光。

癸巳初夏参加王东辉师兄品酒宴写于京城

注／品葡萄酒分为观色、闻香、品味三个步骤,随着葡萄酒的普及,品酒越来越成为一种时尚文化。

好江山、好时光不仅在谈笑间,更在淡淡日常中、漫漫时光中,在于发现、在于品味。"玉液一杯千古事,兴衰都是好时光。"看透古今,平常心面对,且行且珍惜。

/楚天舒

登重建鹳雀楼

黄河白日共沉烟,
更上层楼看大千。
毁建无关山海事,
每逢盛代有名篇。

甲午清明于山西永济

注 / 鹳雀楼位于永济市蒲州古城西向的黄河东岸、蒲州古城城南,本是北周时兵家修建的军事建筑,元代毁于战火,2006年重建。鹳雀楼楼体壮观、结构奇巧,加之地理位置优势、风景秀丽,历代文人学士登楼赏景,都会留下许多不朽诗篇。其中王之涣诗"欲穷千里目,更上一层楼"堪称千古绝唱。诗因楼作,楼因诗名。鹳雀楼与武昌黄鹤楼、洞庭湖畔岳阳楼、南昌滕王阁齐名,被誉为我国古代四大名楼。

"欲穷千里目，更上一层楼"，登高望远，看风云际会，阅千古往事，王之涣当年登上鹳雀楼抒发了这样的情怀。诗人再次登上重建的鹳雀楼，亦发出"更上层楼看大千"的感慨。首句犹有苏东坡"大江东去浪淘尽"之意境与内涵。第三句写出了时代更迭、山海依旧的亘古不变的真理；末句笔锋急转，阐发了"盛世出名篇"的观点，堪比盛唐王之涣诗中积极向上的宏大情怀。

/吕俊义

山西永济境内的鹳雀楼，因唐朝诗人王之涣的一首五绝《登鹳雀楼》而闻名天下，流芳千古。诗人此次与好友登顶已重新修建的鹳雀楼，又有自己独特的见闻和感受。唐诗里的黄河、白日，已沉入茫茫的历史风烟之中。诗人登上一层楼、更上一层楼，见闻着大千世界的巨变，感受着历史的厚重。楼阁毁建，山海依然，每当盛世来临，太平天下，总会有名篇佳作诞生。

/李子迟

登楼观沧海，登楼看大千，日月经行，尽收眼底。歌吟咏唱重在要有新意，"毁建无关山海事，每逢盛代有名篇。"佳句。

/楚天舒

巴西看世界杯有感

人海欢歌舞绿黄，

倾国只为此球狂。

百年碌碌白驹过，

一吼豪情万世长。

甲午夏日与董长胜师兄于足球王国巴西世界杯赛场

注／巴西以国旗上的绿、黄二色为国色，2014年世界杯足球赛在巴西12座城市里的12座足球场举行，成为巴西全民狂欢节，全国装饰布景皆以绿、黄二色为主，人们也身着黄色巴西足球队服，使巴西成为一片绿、黄色的海洋。

巴西是足球王国，足球是巴西人文化生活的主流。对巴西人来说，足球是运动，是文化，还是生活中最激动人心的事。遇事悲喜，是真性情。"一吼豪情万世长"，人生能有豪情一吼，更是快哉！　　/楚天舒

悼贤亮老师

男儿一半系红尘，
灵肉真情牧马人。
此去西游非大话，
千秋客栈在龙门。

甲午秋一代文心张贤亮老师仙逝，于北京赋诗怀念。

"哥已离开江湖，但江湖依然还有哥的传说。"诗人用典颇为全面，既提到了张贤亮经典的文学作品，也提到了他镇北堡影视城《大话西游》《新龙门客栈》等影视事业，"灵肉真情"、"千秋客栈"，褒义甚明。

/复 强

怀古篇

青山依旧枕长流

七律·登山东蓬莱阁

千里烟波寻海市，

八仙过后我来迟。

伯牙大浪听琴韵，

方丈山头种寿芝。

沧海一壶新酿酒，

白云两袖旧相知。

渔梁歌钓东坡月，

心底乾坤万古诗。

注／蓬莱素有"仙境"之誉，它依山傍海，景色秀丽，独具虚无缥缈的"海市蜃楼"奇观，传说中的"蓬莱、瀛州、方丈"三座仙山可由此前往。"八仙过海"和"长寿灵芝"的美丽传说以及俞伯牙闻海潮琴艺精进的故事皆出于此，因而蓬莱自古便是历代帝王寻仙访药、文人墨客走笔放歌之地，"渔梁歌钓"为蓬莱十景之一，苏东坡曾留诗于此。

"诗仙诗仙",诗中无仙则灵气不盈,仙人的生活里若无诗可写、无诗可吟,恐怕也只是个末流的仙。云柯之所以被圈中朋友誉为"诗仙",恐怕与"八仙过后我来迟"这种颇具浪漫主义色彩且豪情满怀的诗句分不开。

/复 强

"千里烟波寻海市,八仙过后我来迟。""沧海一壶新酿酒,白云两袖旧相知。"有此四句,即为好诗。

/楚天舒

七律·云冈石窟

此地胡王曾用兵,

旌旗万马一时雄。

兴衰霸业留青冢,

血火功名化梵声。

百洞清心远尘虑,

千姿随意近人情。

胸怀四海真佛性,

了却纷纷皈大同。

乙酉夏日于山西大同

注／云冈石窟位于中国北部山西武周山南麓,石窟依山开凿,洞窟、大小窟龛近三百个,为中国规模最大的古代石窟群之一,窟内群佛相如众生,大多不是正襟危坐,或击鼓或敲钟,或手捧短笛,或怀抱琵琶或载歌载舞,千姿百态,栩栩如生。石窟所在也是古时兵家必争之地。

铁戈兵戎，千秋霸业，最终只留得"青冢"，化为"梵声"。"胸怀四海"才是人间真情、大爱人生，才是"真佛性"。这里人性与佛性相通，表达了最真最纯的世间常情。末句一语双关，天下大同，是儒家倡导的"人人为公"的理想社会，既是人类的一种向往与追求，亦回应了云冈石窟所在地大同。结尾二句反复玩味，意境无穷，余甚爱之。

/吕俊义

　　"胸怀四海真佛性，了却纷纷皈大同。"真超脱。　　　　/楚天舒

七律·回望古滇国

亿年身世感经纶，

半尺游虫认祖魂。

绝世青铜牛虎案，

横空佛乐妙施门。

抚仙水底汉唐事，

傣寨花腰今古人。

休笑夜郎轻来使，

江山足胜天下闻。

丙戌夏于云南玉溪

注／以中国第二深淡水湖云南抚仙湖为中心的区域是地球生命的摇篮，这里有举世闻名的生活在距今5.3亿年前的澄江动物化石群，其中半尺游虫被认为是最早的有脊椎生物。古滇国是中国西南边疆古代民族建立的王国，疆域主要在以滇池为中心的云南中东部，这里发现过旧石器、新石器和青铜器文化遗址，云南江川李家山出土的铜祭器"牛虎同案"是古滇国青铜文化的杰出代表。古滇国是一个神秘消失的青铜王国，抚仙湖水下古城的发现让很多人对这座古城到底是史书上记载的汉代俞元古城，还是"古滇王国"国都产生了激烈的争论。

古滇国位于云南滇池地区，存在于战国中期至东汉初期。与三星堆一样，古滇文化创造了与中原文化完全不同的青铜文化。诗人全面了解了古滇进化的亿年历史，深为古滇国的青铜艺术品、佛教古乐和"花腰傣族"歌舞所倾倒。"休笑夜郎轻来使，江山足胜天下闻。"诗中反用夜郎自大的历史典故，认为古滇文化足以夸耀天下。诗人对文化多样性的关注和肯定，令人钦佩。

/陈海云

五律·丽江古城

大梦居天外，

仙人此地多。

千秋茶马道，

一姓百家和。

酒乐回唐宋，

形文认古国。

木屋石板巷，

移步已成佛。

丙戌夏日于云南丽江

注／丽江古城位于中国西南部云南省的丽江市，坐落在玉龙雪山下，始建于宋末元初，至今已有八百多年的历史。丽江古城地处滇、川、藏交通要道，古时候即商旅繁荣，人丁兴旺，成为远近闻名的茶马古道。当地少数民族以纳西族为主，除纳西王由明朝朱元璋赐姓"木"，全族百姓都为"和"姓。纳西族至今仍原样传奏着唐宋时期纳西古乐，也是唯一还在使用原始图画象形文字（东巴文）的民族。

"大梦居天外,仙人此地多。""木屋石板巷,移步已成佛。"首联有神游蓬莱之同感,末句呈顿悟得道之禅机。　　　　　　　　／复　强

七律·刘公岛

秋风如画忍观潮，
岛外烟波心绪飘。
烈焰黑云船已没，
狂飙铁血恨难消。
沉沙眼底百年痛，
意气胸中万古刀。
敢问刘公身后事，
苍天碧海欲扶摇。

丁亥秋十一长假，应王力光学弟之邀考察威海，凭吊甲午海战旧址，悲愤难抑，撞笔成诗。

"烈焰黑云船已没,狂飙铁血恨难消。"甲午旧事,硝烟虽去,旧耻长存,国人谁见谁痛!"是日漫挥天下泪,有公足振海军威!""舟人不识伤心地,遥指前程在下关。"百年来强国强军梦一直在我们炎黄子孙心中如火燃烧,总愿中华强盛,从此再不受外辱。壮怀激烈何自云柯兄始,也绝非到云柯兄止!沉沙眼底,意气胸中,耿耿丹心志复劫灰,始终是方向,始终在心中!

/楚天舒

题花山壁画

明江九曲醉花山,
骆越天工留画岩。
万古烟云遮不住,
一朝风月可书丹。

丁亥秋承刘勇兄陪同考察广西宁明

注／广西宁明县城左江岸边,在临江的一面高约260米的崖壁上,有一组规模巨大、内容丰富而奇特的图画,这就是花山壁画。花山整座峭崖画满了各种呈土红色的人像和物像。画像中的人物线条粗犷,栩栩如生。据考证绘画年代在东汉以前,由壮族先民绘制,距今已有2000年以上的历史。

两千多年前的先民岩画,色彩艳丽、人物神奇,"万古烟云遮不住,一朝风月可书丹。"在那一幅幅夸张跃动的原始人物群像面前,今人对话古人,跨越时空的历史纵深感油然而生。　　　　　　　/复　强

七律·灵渠怀古

古道轻舟水上飘,

灵渠一苇渡迢遥。

纵横万马出南越,

霹雳神功起巨凿。

浪下湘漓通汉壮,

关开虎象顺天朝。

雄才仰止千秋业,

满目青山云正高。

丁亥深秋于广西兴安

注／灵渠与都江堰齐名,同为秦始皇南征时兴建的著名水利设施,为联通湘江漓江粮运和统一古骆越地区发挥了重大作用,至今仍能完好使用。

怀古诗容易写得沉重，此诗却通过首联使之轻灵起来。但是如果一直轻灵，那么就失去了怀古的厚重了，此诗中间两联纵横霹雳突起，写开凿灵渠的功业，气势大开，使"雄才仰止千秋业"的怀古之情自然而出，末句虚化，接于浑茫。此诗堪称怀古佳作，但作为律诗，颈联"关开"与"浪下"、"天朝"与"汉壮"对仗有些生硬，如能在词句上再下点功夫，就更好了。

/李景新

雨中游王城

细雨天阶踱旧城,
芸芸谁与论名功。
一庭草木常青色,
万古风云不改容。

戊子秋与陈端喜、刘涛两位老兄同游桂林王城有感。

滚滚红尘，芸芸众生，功名利禄是普遍而久远的话题，道不清，论不休。在细雨中漫步明代靖江王朱守谦（朱元璋重孙）的王府，古来多少兴衰事，在诗人拾级而踱的脚下，已成为千古历史。时代更迭，多少英雄人物，随大江东去，浪淘尽，只有"草木常青"，才是亘古不变的主题。正如刘禹锡的《乌衣巷》"旧时王谢堂前燕，飞入寻常百姓家。"这是历史的常态。

/吕俊义

　　明代李东阳曾说："诗贵意，意贵远不贵近，贵淡不贵浓。"此诗正是此中翘楚。全诗虽只四句，但是有叙述，有描绘，有议论，其间转接轻灵，用笔虚实有度。"一庭草木常青色，万古风云不改容。"蕴意深远，堪称佳句。

/卫海波

七律·成吉思汗

牛羊大块酒犹酣,
遥祭英雄八百年。
霸气征尘遮日月,
雄才铁马卷狂澜。
深谙兵勇吞欧亚,
疏略文德兴草原。
一代天骄铭史镜,
安康民愿是江山。

己丑夏日于乌兰浩特

云柯诗多慷慨豪情之作，少忧愁悲苦，这或许与他心中的英雄情结有关，与志存高远和生性豁达有关。英雄、江山，秋风、铁马，霸气、雄才、历史、功业……这一切都成就了他劲健、豪迈、洒脱的诗风，譬如此诗。

/楚天舒

大块吃肉、大碗喝酒，寥寥几字，妙笔勾勒，尽显草原民俗、民风、民情。此情此景，酒酣文胆，一代天骄浮现眼前，金戈铁马踏欧亚大陆，终成千秋霸业。创业难，守业更难，文韬武略贤德，样样都是考验。曲终点题，重视民愿，使百姓安康，才能保江山永固和千秋大业。这是历代兴衰的总结与诠释。

/吕俊义

寒山寺

淡雨疏烟山有无，
漂泊千古认姑苏。
钟声渔火诗心在，
不畏天涯是旅途。

庚寅春于苏州寒山寺

正因最美"诗心",才能在淡雨疏烟中登临寒山寺,静思张继笔下的"钟声"、"渔火",发出无尽感慨。"不畏天涯是旅途",诗人心,游子情,情深深,意切切,淡雨疏烟的漂泊,最让人断肠,钟声渔火的家国,总在心头。　　　　　　　　　　　　　　　　　/吕俊义

"钟声渔火诗心在,不畏天涯是旅途。"洒脱!　　　　　/楚天舒

七律·钓鱼城怀古

清江翠色隐硝烟,

守土威名七百年。

赤胆孤城撑半壁,

雷霆一炮扭坤乾。

从来降战分忠佞,

毁誉为民皆可堪。

洗尽纷纭千古论,

登临犹爱好河山。

庚寅秋承周波兄陪同与清华社双七全班游览钓鱼城古战场,写于重庆。

注／钓鱼城即为钓鱼山,三面被嘉陵江、涪江、渠江包围,形势陡绝,倚天拔地,雄峙一方。钓鱼山建成钓鱼城是在十三世纪,这里发生了南宋守军与蒙古大军持续了整整36年的攻防争夺战,期间蒙古王储蒙哥在这场战争中遭炮击身亡,引发蒙古各部皇族归朝争位,从而终止了蒙古帝国野蛮征服世界的进程。率众浴血奋战的南宋守将王立一直坚持到南宋朝廷灭亡,最后为保全十万百姓性命,带领弹尽粮绝的钓鱼城军民向蒙古军队投降。

1259年7月，蒙古帝国蒙哥汗亲征南侵，死在宋朝钓鱼城的军民抗击之中，在世界各地征战的蒙古贵族闻讯后纷纷停止杀伐，返回蒙古草原争夺最高统治权，岌岌可危的欧洲得救了！钓鱼台之战改变了世界的历史！诗人写史壮怀激烈，尤其可贵的是，他对因顾及城中百姓性命而甘愿背上投降骂名的钓鱼台守将持理解和宽容的态度，"毁誉为民皆可堪"，立意不俗！
　　　　　　　　　　　　　　　　　　　　　　　　　　　　　　　　/复　强

　　"从来降战分忠佞，毁誉为民皆可堪。洗尽纷纭千古论，登临犹爱好河山。"评论有新意也有深意。
　　　　　　　　　　　　　　　　　　　　　　　　　　　　　　　　/楚天舒

　　最是合川钓鱼城，能将横扫欧亚的蒙古铁骑拒之城外，改写了强悍的蒙古军的行军路线。36年，大小战役200多次，南宋战将率领合川军民能够击退当时世界上最强大的军队，让大汗蒙哥折戟丧命，蒙古军被迫撤兵。柔弱的南宋虽然有人沉醉于"西湖歌舞几时休"（林升《题临安邸》）的温柔乡，但绝不缺乏英勇善战的勇士与斗士。是城池之固，亦是将士之固，人心之固，成就千秋古战场威名——"东方麦加城"与"上帝折鞭处"。登临怀古，历史人物与评价争论都已远去，祖国大好河山才是最该珍惜的。
　　　　　　　　　　　　　　　　　　　　　　　　　　　　　　　　/吕俊义

端午怀屈原

蒲酒醺风肉粽香,
龙舟谁忆为国殇。
凭楼千载心犹在,
直把邕江做楚江。

辛卯年端午节写于南宁邕江

每年端午节都要举办龙舟大赛，还要饮菖蒲酒，吃粽子。诗人此时想到的是，"龙舟谁忆为国殇"，很多人已经忘记了端午节的真正意义。"凭楼千载心犹在，直把邕江作楚江。"这里反用了"暖风熏得游人醉，直把杭州作汴州"的诗句，凸显了诗人对屈原的悼念之情和爱国之心。

/陈海云

重登泰山有感

东岳禅封世代尊,

大言无字照俗文。

秋风万里红尘落,

唯有心香上九门。

二〇一一年国庆长假与山东兄弟李红豆登泰山,感慨当年汉武帝玉皇顶封禅,因敬畏上天立巨碑却不敢刻一字。后世者自恋如乾隆等,留俗文满山大煞风景,心为泰山不平,留诗为记。

"大音希声，大象无形"，"桃李不言，下自成蹊"，"此处无声胜有声"，道理大同小异。"大言无字照俗文"七个字，可以引申出无数感慨，"秋风万里红尘落，唯有心香上九门。"历史之鉴，所谓"英雄所见略同"。

/复　强

游曹雪芹故居

枫叶秋霞一处逢,

空灵溪谷水杉生。

红楼休笔木石在,

千载相依续旧盟。

辛卯秋游樱桃沟与李明新、位灵芝品茶畅叙,写于黄叶村曹雪芹故居。

红楼情重，皆有旧盟。溪谷衫生，枫叶秋霞岂只空生。　　/楚天舒

京西黄叶村，才子旧居地。枫叶、秋霞、山谷、清溪、水杉相逢一处，红黄画境，空灵静谧，最是文人青睐处。此境此景，成就了千古奇书《红楼梦》的作者曹雪芹，也成就了亿万红学读者与研究者。红楼虽然休笔，但木石仍在，木石前盟，绛珠仙草要以一世泪水还恩的宝黛爱情传奇，成就了万千情痴，抚今追昔，多少思绪在心头。　　/吕俊义

七律·游泰姬陵

佳人何处觅音容，
玉塔云堂掩翠屏。
每论君王无重义，
曾因马嵬骂唐明。
痴心立愿一生守，
珠泪成诗百世铭。
挚爱传奇留胜景，
春来又见草青青。

壬辰初春随访印度写于首都新德里

注／泰姬陵在今印度北方邦的阿格拉城内。是莫卧儿王朝第5代皇帝沙贾汗为他已故皇后阿姬曼·芭奴建立的陵墓。阿姬曼·芭奴，来自波斯，美丽聪慧，多才多艺，入宫19年，用自己的生命陪伴沙·贾汗的荣辱征战，沙·贾汗封她为"泰姬·玛哈尔"，意为"宫廷的皇冠"。泰姬39岁英年早逝，沙·贾汗竟然一夜白头，悲痛的皇帝终身不再娶，并倾举国之力，为爱妻建成了这座被誉为世界七大奇迹之一的宏伟陵墓。

"痴心立愿一生守，珠泪成诗百世铭。"此诗情挚，引人辗转吟读。全诗跌宕生姿，层层渲染，肌理细腻，富有极强的艺术感染力。读罢不由慨叹："悠悠生死别经年，魂魄不曾来入梦。"汤兄学养深厚，用典常有新意："每论君王无重义，曾因马嵬骂唐明。"对历史事件的了解和诗歌艺术技巧的掌握达到了得心应手的纯熟境界，更兼有侠骨柔肠，方有此诗时而婉转动人、缠绵悱恻，时而纵意所如、触手成春的艺术魅力。

/卫海波

　　泰姬陵是"永恒面颊上的一滴眼泪"，泰戈尔如是说。这首诗沿着泰戈尔的赞誉，又反用中国诗人歌咏唐玄宗、杨贵妃的典故，来表达参观印度泰姬陵的感受。面对极为复杂的文化符号，这首诗似乎更加倾向于歌颂凝聚于泰姬陵的爱情，也是一种历史视觉。

/李景新

七律·吐鲁番

连绵戈壁起苍澜,
大漠长风剑胆寒。
烈日东来云九万,
黄沙西去路八千。
通天碧水坎儿井,
绝地红尘火焰山。
古道遗城追旧事,
犹思铁马戍楼兰。

壬辰夏日与黄永宁等参加清华校友工作会,写于新疆。

注 / "吐鲁番"是维吾尔族语"低地"的意思。吐鲁番盆地位于天山山地东端,是中国地势最低和夏季气温最高的地方,传说中的火焰山就是此地。为了在吐鲁番炎热的自然条件下生存,当地民众发明了独特的灌溉方式——坎儿井。吐鲁番盆地现存坎儿井一千多条,是古代中国杰出的水利工程之一。

此诗起笔辽远壮阔，首、颔两联中"戈壁"、"大漠"、"长风"、"烈日"，将浩渺、苍劲的茫茫西域展现在读者面前；颈联中"坎儿井"与"火焰山"则将画面永久定格在"火洲"与"葡萄之乡"——吐鲁番。通过令利剑胆寒之长风与绝地红尘之烈日，对吐鲁番炎热气候极尽渲染铺陈，读者顿感热浪扑面而来。

上帝创造了自然，人类利用和保护了自然，吐鲁番人创造了人类历史上的奇迹——至今"活着的坎儿井"，让通天碧水滋润着这片绿洲，人们世代繁衍生息，成为人与自然和谐共处的典范。尾联抚今追昔，发千古之思。昔日西域三十六国的繁华与灿烂如今只凝聚为古道与遗城，登上高昌古城与交河古城也只能在断壁残垣中捡拾历史的残片与回忆，回味金戈铁马戍守楼兰古国的昔日雄风。

这首诗以写景为主，即景抒怀，颔、颈两联对仗工整，色彩鲜明，意象丰富，黄、碧、红三色皆有，日、云、河、路、水、井俱现，做到了刘勰所谓"自然成对"，尾联抒怀更增添了全诗的历史厚重感。

/吕俊义

读罢此诗，忽然想起梁羽生的《塞外奇侠传》，汉族豪侠和南北疆的居民一起勇敢地抗击外敌。"连绵戈壁起苍澜，大漠长风剑胆寒。"草莽英雄，纵横大漠，扶危济困，侠气冲天。此诗不仅写出了"烈日东来云九万，黄沙西去路八千"的宏大疆域，还描绘了新疆吐鲁番坎儿井和火焰山的独特地标，更有临古城追旧事的历史反思。古城楼兰尚在，保家卫国，仍需好男儿金戈铁马！

/复　强

雨夜读史

茶盏灯花夏夜清,
闲翻竹简看枯荣。
书中风骨心中愿,
正有轻雷伴雨声。

二〇一三年六月四日夜写于雷雨京城

一杯淡茶在侧,翻看着一本史书。诗人的心中是平静的吗?不是。窗外雷雨,书中枯荣,自然会如孟子"吾善养浩然之气"一般,风骨傲然,让人想起中国传统文人"士的精神"!
　　　　　　　　　　　　　　　　　　　　　　　　　　/张林先

　　诗人在一个特殊的夏日雷雨之夜,在聚精会神阅读历史书籍之时,追溯起历代的国祚枯荣、人事沉浮、腥风血雨,再面对窗外风雨如晦、雷电交加的大自然,不免思接千载,感喟万千。中国历代史书中,记载着中华民族的传统美德,即保持自己的风骨气节,哪管它黑云压城、危机重重。这是一篇含蓄微妙、意味无穷的作品,不动声色地塑造了读书人高洁不屈的形象和高越的人格。
　　　　　　　　　　　　　　　　　　　　　　　　　　/李子迟

　　读史使人明智,读诗使人灵透。潇潇夜雨,挑灯读史,偶有所感,远雷轻和,此诗情境真正让人神往!人世间最潇洒的并非倜傥笑谈评功论过,而是恰如汤兄这种肃然读史的雅正之心、清峻之骨,此正是我辈中人所应持的人生态度。
　　　　　　　　　　　　　　　　　　　　　　　　　　/卫海波

七律·雨中祭西夏王陵

大漠横云秋气寒，

潇潇暮雨落萧关。

十朝分鼎震辽宋，

千载遗丘悲逝川。

功业已堪埋古冢，

风华不舍觅胡旋。

黄沙一曲王侯梦，

犹自笳声绕贺兰。

时近癸巳中秋，赴宁夏参加中阿博览会，与同窗好友高建涛聚于贺兰山下。

注／西夏皇家王陵位于宁夏银川市西部的贺兰山。西夏王朝是中国历史上由党项人在中国西部建立的一个政权，鼎盛时期威震宋、辽，疆域东尽黄河，西至玉门，南接萧关，北控大漠，方圆数千里。西夏历经十朝，后被蒙古灭国。西夏文化在诗歌、谚语、壁画、雕塑、音乐和舞蹈等方面都有独特之处，其中以胡旋舞最为著名。

以贯长虹之气,伤贺兰之哀。西夏不常在,贺兰却常在,黄沙一曲,笳声绕耳,犹诉一朝文明尽灭,叹历史无情。　　　　　/楚天舒

满篇有悲秋之色,读来肃杀寒冷,如觉秋雨潇潇,对分鼎一时的西夏王朝的感慨,亦是对千秋功业的评述与万代河山更迭的思考。读之,与欧阳修的《秋声赋》有同感。　　　　　　　　　/吕俊义

七律·观南宋皇城遗址感怀

舞榭临安一梦遥,

笙歌依旧水潇潇。

偏安王气落白马,

半壁衣冠哭断桥。

常念武词轻笔吏,

每思文胆小侠豪。

青山不肯随波去,

闲倚钱塘待大潮。

癸巳深秋于浙江杭州

注 / 公元1138年宋室被迫南迁定都杭州,改称临安府。宋高宗赵构未当皇帝时为康王,传说被金兵追杀至江边时,有白马渡他过江,后白马饮井水化为泥,原来此马乃彼岸庙中泥马,故有"泥马渡康王"之说。

"青山不肯随波去，闲倚钱塘待大潮。"词尽，意不尽，新的故事仿佛已经随潮涌来。
/复　强

浙江省会杭州，历史上曾是南宋首都临安，位于美丽的西子湖畔，"钱塘自古繁华"、"参差十万人家"之地，赵构小朝廷长年苟且偏安于此，"直把杭州作汴州"，不图恢复中原，只管享受大好江南春光，终至亡国。诗人来到南宋皇城遗址，流连于古今胜迹之间，感叹岁月沧桑，物是人非，昔日都城欢歌已去、王气尽收，而青山常在、海潮依旧。该诗写得沉郁感伤、荡气回肠、铿锵爽朗、一片深情，令人发悱恻之恸。
/李子迟

七律·兰亭怀古

堂前王谢久知名，
碑断池荒草愈青。
曲水昔年滋墨意，
流觞从此醉诗情。
俯察四海汉唐志，
放浪身心魏晋行。
莫道风流因韵事，
千秋一序在兰亭。

癸巳腊月初九写于浙江兰亭

注／兰亭位于浙江省绍兴市西南十四公里处的兰渚山下，相传春秋时越王勾践曾在此植兰，汉时设驿亭，故名兰亭。公元353年，王羲之与友人谢安、孙绰等名流聚会于兰亭，列坐在亭外曲水岸边，在曲水的上游放上一只盛酒的杯子，酒杯有荷叶托着顺水流漂行，到谁处停下，谁就得赋诗一首，作不出者罚酒一杯，名为曲水流觞。王羲之汇集各人的诗文成集，并书写序言一篇，成为千古第一行书《兰亭集序》。

"俯察四海汉唐志，放浪身心魏晋行。"微斯人，吾谁与归？

/复　强

　　我自认为，中华几千文明史上，只有三大名士风流时期，也是中华思想史上思想活跃，英雄辈出，群星璀璨，佳作代传的好时期：一是春秋战国时期，一是魏晋南北朝时期，再是民国时期，值得骄傲值得怀念。"年华风柳共飘萧，酒醒天涯问六朝。猛忆玉人明月下，悄无人处学吹箫。""新安江水碧悠悠，两岸人家散若舟。几夜屯溪桥下梦，断桥春色似扬州。"这都是何等洒脱！"曲水昔年滋墨意，流觞从此醉诗情。俯察四海汉唐志，放浪身心魏晋行。"直追古人风。　　/楚天舒

七律·游吴哥窟

人间何处觅须弥，

环水楼台路向西。

山海七重凝画壁，

龙蛇两列护云梯。

三千大乘心中小，

万丈红尘脚下低。

阅尽生灵悲苦事，

石佛默默草萋萋。

甲午大年初四与周丹兄弟于柬埔寨

注 / 柬埔寨吴哥窟又称吴哥寺，意为"毗湿奴的神殿"，它是吴哥古迹中保存得最完好的庙宇，也是世界上最大的庙宇。吴哥窟是高棉古典建筑艺术的高峰，以建筑宏伟与浮雕细致闻名于世，它结合了高棉寺庙建筑学的两个基本的布局：祭坛和回廊。祭坛由三层长方形有回廊环绕须弥台组成，一层比一层高，象征印度神话中位于世界中心的须弥山。在祭坛顶部矗立着按五点梅花式排列的五座宝塔，象征须弥山的五座山峰。寺庙外围环绕护城河，象征环绕须弥山的咸海。

世界文化遗产吴哥窟是高棉古典建筑艺术的高峰，其佛教艺术特色十分鲜明。佛眼俯瞰世界，是怎样的一个视角呢？世间因果、悲欢尽收眼底而默默无语，自然规律在支配着世界的运转，佛不需说，草不需说。此诗是诗人少有的一首略带悲戚、情绪低沉而又不消极的诗作。悲天悯人，诗中大有情怀。

/复　强

过古烽火台

铁马烽烟久作尘，
黄沙曾是万军屯。
羌笛纵有春风度，
一曲阳关犹断魂。

甲午初春于甘肃阳关

西域的古烽火台，越千年，见证了当年大漠烽烟、金戈铁马的争斗、厮杀场面。诗人感慨，如此苍凉荒漠，如此无休止的征伐，纵然是羌笛不怨杨柳，一曲《阳关三叠》，恐也令人愁肠寸断。　　　　/陈海云

汤兄之诗才总能令江山生色、胜迹增辉。此诗浓墨重彩，大笔如椽；情景交融，景为情用；山川时事，浑然一体。　　　　/卫海波

七律·莫高窟

千年西域角声寒，

大漠高窟起两关。

魏晋才情渲画壁，

汉唐神采驻佛颜。

身逢盛世金兰聚，

心历衰邦书卷残。

莫惧沙霾遮古道，

春风吹度再飞天。

甲午春与袁剑雄同谒敦煌莫高窟

注 / 莫高窟坐落在河西走廊西端的敦煌，紧邻阳关和玉门关两大关隘，位于古代中国通往西域、中亚和欧洲的交通要道——丝绸之路上。莫高窟始建于十六国的前秦时期，历经十六国、北朝、隋、唐、五代、西夏、元等历代的兴建，是世界上现存规模最大、内容最丰富的佛教艺术圣地，其中以飞天壁画最为著名，是敦煌艺术的标志。

落笔千秋，展开一副宏大的历史画卷，"角声"、"大漠"、"高窟"、"两关"，给人无尽的历史沧桑之感。"盛世"、"衰邦"对比强烈，再次印证诗人"每逢盛代有名篇"（见《登重建鹳雀楼》）的观点。结尾"春风吹度再飞天"一句，意气风发，激励昂扬，读之，"春风不度玉门关"已成历史。此处的"春风"与诗人"常与春风一处行"（见《五一踏青》）和"人生多有春风日"（见《题青岩古镇》）有异曲同工之妙。"飞天"二字，一语双关，既希望中华巨龙崛起，再度飞天，亦是企盼盛世再度出现飞天这般绮丽的艺术瑰宝，再次回应莫高窟的"画壁"与"佛颜"。

/吕俊义

"身逢盛世金兰聚，心历衰邦书卷残。莫惧沙霾遮古道，春风吹度再飞天。"有此春风有此情，不愁风光不再，盛世常书。

/楚天舒

七律·登嘉峪关

雄关落照画中诗,
恰是登高怀古时。
万里长城横大漠,
几朝名将纵王师。
路遥方解琵琶怨,
风起犹闻战马嘶。
莫论英雄多寂寞,
千秋总有后人知。

甲午春由黄秧兄弟陪同登嘉峪关

注 / 嘉峪关是长城西端的第一重关,也是古代"丝绸之路"的交通要塞和军事要津,自古为河西第一隘口。嘉峪关关城位于嘉峪关最狭窄的山谷中部,地势最高的嘉峪山上,城关两翼的城墙横穿沙漠戈壁。嘉峪关以地势险要,巍峨壮观著称于世,是万里长城沿线最为壮观的关城。

"万里长城横大漠,几朝名将纵王师。"大漠万里,长城万里,烽燧几千年,征战无休止。浊酒一杯家万里,将军白发征夫泪,一寸河山一寸血,江山得来不易,守住更不易!自古英雄多寂寞,大寂寞总在英雄心中,忧患有谁知?不能等到千年后!

/楚天舒

读之犹闻嘉峪关外风啸山吼、战马嘶鸣之声,既有壮美恢宏之阳光之气,亦有琵琶哀怨之阴柔之美。自古英雄多寂寞,千秋留待后人说。怀古忧思,结尾处既是对英雄的慰藉,也是对英雄的充分评价与肯定。英雄虽然成为遥远的绝响,但依然会响彻千年之后的美丽星空。

/吕俊义

拜解州关帝庙

鼎立三国烟已消，
人生何必论功高。
能将忠义传天下，
唯有将军万古刀。

甲午春日于山西运城

此诗贵在能够于旧题材中出新意。在人们印象中，关云长功劳可谓高也。但本诗作者从三国终于归于西晋入手，来反揭出三国英雄人物功劳之烟消云散，那么，关云长又有何功劳可夸耀呢？三四句又反转过来，关云长独为后世尊为关帝，则其功劳又远超于他人了，只是此"功劳"非彼"功劳"，此功劳乃是能够永传千古的忠义精神，不是那些具体的事功所能比拟的。可谓一反常人之思，新意自出。　　/李景新

立德、立功、立言是古代人生价值的取向，春秋时鲁国大夫叔孙豹称之为"三不朽"，据说中国历史上能做到的只有两个半，孔子、王阳明和曾国藩（半个）。三国舞台，立德、立功的英雄无数，你方唱罢我登台，但"舞榭歌台，风流总被雨打风吹去"（辛弃疾《永遇乐·京口北固亭怀古》），故诗人发出"人生何必论功高"的感慨。"忠义"是中华传统美德，向来为国人崇尚，美髯公关羽最令后人称道处也在于此，故能被尊为关帝。在关帝的万古青龙刀下，"能将忠义传天下"，此处的刀已不是冷冰冰的武器，刀下也留下了万古柔情与忠义美德，曹操败走华容道，如不是这把义气的青龙刀，历史也许会改写。　/吕俊义

题黄河铁牛

蒲津春岸草悠悠,
河道沧桑鉴铁牛。
桥断不伤秦晋好,
青山依旧枕长流。

甲午清明写于山西盛唐浮桥遗址

注／永济古称蒲津渡,唐开元十二年建铁牛浮桥横跨黄河,成秦晋交通要道。浮桥元初毁于战火,镇桥铁牛犹在。

诗人临滔滔黄河，缅故国胜迹，思致郁密，立意高远。抒发了山河依旧，人事不同的慨叹。然"青山依旧枕长流"，无论历史如何沧桑巨变，都终将沉淀为沧海一粟。
/卫海波

春秋五霸之秦晋，比邻而立，为联合抗敌，几世联姻，称为秦晋之好。同时，又架桥修路，结通津之便，蒲津渡即是当时主要通津要路。诗人见镇水铁牛发思古之幽情，"桥断不伤秦晋好，青山依旧枕长流"，意在诗外，变故常有，友情像高山流水一样永存天地间。
/陈海云

"桥断不伤秦晋好，青山依旧枕长流。"神来之笔，创意新。
/楚天舒

题张掖卧佛

木塑泥胎何计身，
三千弱水我如闻。
霓裳铁马心不动，
一睡千秋醒世人。

甲午寒露作于甘肃

丝路甘州，泥塑卧佛，亚洲之最，一睡千秋。"睡"、"醒"之间，跨越千年；阅尽世间百态，参悟浮华人生,此乃大佛之悟，亦求凡人之悟。佛与世人，睡的是醒着，醒的还睡着。　　　　/吕俊义

　　张掖大佛寺是中国仅存的西夏佛教殿堂，殿内安放有亚洲最大的室内卧佛像。卧佛涅槃似睡，任沧桑变幻，不动不语，千秋如在。那红尘中的轮回生死，曾有几人看破？"一睡千秋醒世人"，睡佛能唤醒世人吗？　　　　　　　　　　　　　　　　　　/复　强

命题篇

与君持酒唱离骚

赠砚附诗

两袖清风顺手栽，
才情深处墨香来。
青山不许黄牛老，
喜鹊朝夕上砚台。

乙酉春送陈端喜兄

诗人给为官的兄长送砚台并附诗，赞扬他两袖清风、廉洁自好，同时也鼓励他怡情书法，陶冶情操。"青山不许黄牛老，喜鹊朝夕上砚台。"砚台是摆在书桌上的，随时能看到，习练书法，又随时会用到，而墨香洋溢满室、喜鹊朝夕登临，自是人生快事、幸福之景。因为是送给好友的，故此诗写得质朴流畅，同时又诚恳真挚，饱含兄弟情谊。

/李子迟

此诗写得语言活泼，新颖别致，雅玩之心别是一番风味。同时诗人寓情于景，含蓄蕴藉，对朋友表达了真诚的赞美和美好的祝愿。

/卫海波

和新茶诗

闲看千秋事，
清风煮绿茶。
诗心脱酒色，
落笔一天霞。

乙酉初夏回复蒋庆江弟云南新茶诗句

读来，与白居易的《问刘十九》有同样的自然、轻松、闲适，白畅饮"绿蚁新醅酒"，诗人用"清风煮绿茶"。有这样的心境和情怀，才能"闲看千秋事"，做到"诗心脱酒色"，"闲"和"脱"精准表现了诗人的达观人生，这颗最美"诗心"，也出现在诗人的另一首《寒山寺》中。

/吕俊义

和卧佛山庄诗

山水禅心乐，
江湖苦难多。
慈悲天下事，
发愿是真佛。

乙酉秋张林先于卧佛山庄有"静夜蝉声远，假僧偷闲中"之句，回诗以和。

注／卧佛山庄地处著名的慕田峪长城景区，山庄庄头有一山峦，形似仰卧的佛，故名卧佛山庄。

不管穷通变化的人生如何复杂，一善念起则天下春，一恶念生则风云暗。"慈悲天下事，发愿是真佛。"真佛假佛不需看头顶有无头发，而要看心中是否善根动、智慧生、慈悲来。　　　　　　　　/复　强

七律·新春兄弟酒会

又是新春把盏时,

醉言酒胆论相知。

高山低谷半生路,

平淡辉煌两任之。

千里单刀唯义重,

桃花潭水只情痴。

风流代有金兰事,

不负韶华万古诗。

丙戌正月与杨传荣、赵颖等中青企协朋友聚于北京,酒后命题而作。

"高山低谷半生路,平淡辉煌两任之。千里单刀唯义重,桃花潭水只情痴。"颔联、颈联已然足以撑起一首诗。人生成败不论,最难舍情义二字。兄弟共生死,令人热血沸腾;萍水交莫逆,使人如醉如狂。"诗言志","文如其人",足见作者为性情中人。　　　　/复　强

在中青企协,我们有个兄弟读书会,时常欢聚,节日更多。现在已过不惑之年,更是体会到圈子中兄弟情谊的珍贵。"风流代有金兰事,不负韶华万古诗。"日久更浓烈!　　　　　　　　　　　/张林先

广西奇石命题 之一

砥柱秀金黄，

拂尘玉手香。

澹泊蕴奇志，

天地有担当。

题陈奇志师妹收藏的黄玉石

注／黄色象征和平与友谊，故黄玉又被称为"友谊之石"。黄玉石透光性强，在灯光下透出暖暖金光，因其色泽柔和，气质高贵，历来为爱石者所珍视。

作者为朋友收藏的纹石题诗,赞美奇石如砥柱,"澹泊蕴奇志,天地有担当。"嵌字无痕,品奇石之志,当然也是对朋友的夸赞。

/陈海云

广西奇石命题 之三

黑黄万古身,
绝壁显风云。
大化修璞玉,
相逢即是金。

题陈洪波兄弟收藏的黑黄双色大化石

注 / 大化石是大化彩玉石的简称,因产于广西大化县而得名。大化石质地坚硬、形态万千,石头表面润滑,颜色鲜亮,堪称观赏石中的珍品。

朋友收藏的大化石，黑黄两色。诗人赞曰：似立壁浮云，又似璞玉。然而，更重要的是，相逢是缘分，收藏亦是缘分。　　/陈海云

龙脊梯田

缤纷风景聚神仙,
跃下盘龙来种田。
但得众生无困苦,
一身万古作青山。

丁亥秋于广西龙胜题赠石东龙兄

注／龙脊梯田位于广西龙胜各族自治县和平乡平安村龙脊山,始建于元朝。800多年前,到达龙脊的壮民和瑶民面对横亘在面前的深山,依靠最原始的刀耕火种,一代一代开垦出稻米梯田。梯田分布在海拔300至1100米之间,从山脚盘绕到山顶,层层叠叠,高低错落,蜿如春螺,矫若盘龙。

农耕梯田,"文革"时期曾经是一种政治符号,现在又恢复成为一种景色,成为诗人们寻觅的迷人的风光。这首诗的可贵之处,则在于从梯田的美景中牵挂着农民的辛苦。　　　　　　　　　　　　　　/李景新

诗言志,亦能观人胸怀格局。"但得众生无困苦,一身万古作青山。"笔力醇厚平实,表达直率,颇有古风。然其胸怀万顷、心系众生的大境界更胜一筹。　　　　　　　　　　　　　　　　　/卫海波

题贺远风水

贺岁安居大道行,

远山近树有真情。

风生四海知天下,

水起惊涛一笑平。

丁亥夏日为萧贺远风水咨询公司新张而题,愿贺远弟以诚心明道,以真学度人,性命同修,德业共进。

寥寥几句把一风水先生写成了诸葛亮，通顺流畅，藏头无痕，绝对是胸中多佳句，笔下有功夫。虽属于应酬之作，但是格调很高，颇有孔明握扇端坐巅峰，与主公胸怀天下、指点江山之味道。　　　　　/复　强

"风生四海知天下，水起惊涛一笑平。"胸怀四海，玉树临风，好句。
　　　　　　　　　　　　　　　　　　　　　　　　/楚天舒

咏玉

我有心中玉，
岁寒冰雪清。
山深溪水秀，
花静月光明。
执手春秋润，
相谐百事兴。
金石唯此爱，
风雨共今生。

戊子初春为翠翠生日而作

天地有佳人，冰雪聪明，温雅纯朴，诗人视为心中玉。诗中用冰清玉秀、花静月明咏玉及人，"春秋润、百事兴"显示了比翼蓝天的和谐，"金石唯此爱，风雨共今生。"表达了对佳人的深深情意。

/陈海云

　　诗以言志，诗以言情。云柯诗词颇为豪放，长于大开大合。这首诗，却有着"春江花月夜"的感觉，有温度！原来是因为，诗人咏玉，咏的是心中玉，故能情透纸背，平中出奇。

/张林先

　　这是一首深情婉转之作，绮丽典雅，以玉喻人，既有情到深处的欣赏与珍视，又有"结发为夫妻，恩爱两不疑"的两心相许。诗将优美的句法与深沉的情感结合起来，浅唱低吟出了"一生一代一双人"的静好之心，语短情长，余味无穷。

/卫海波

　　写玉写人之好作，可为爱玉人铭。

/楚天舒

举酒同贺

春来放马意如何，
浮酒太白宜作歌。
风雨半生喜天命，
连城一璧可敌国。

二○○八年四月三日为陈海宏兄年近五十喜得爱女而作

"春来放马意如何,浮酒太白宜作歌。"似睹欢颜,如闻笑语,开篇以为有老生登科之喜,岂料是中年得女之庆。"风雨半生喜天命,连城一璧可敌国。"思如走马,文若有神,峰回路转,响遏行云。/复 强

老来得女,人生乐事,海宏兄半生坎坷荣耀终也抵不过暖玉在手的珍贵。此诗生动流畅,欣喜之情溢于字里行间,情真意切。　　/卫海波

立秋遥寄

十年一梦旧时游,
把酒菊黄又立秋。
记挂湖山情不改,
平平淡淡水长流。

丁亥立秋日与杜文涛会于桂林,叙武汉老友酒后留诗。

此诗的长处在于以平淡的语言，写出人生的况味。前两句带有时光流逝的淡淡的哀愁，又含有回忆旧时与友同游的愉悦，情感表达甚是细微。第三句既是对曾游之湖山美景不能忘怀的感情，同时也暗含着对朋友的难以忘怀之情。第四句则揭示出人生平淡才是真的生活哲理。整首诗没有什么奇异之处，语言平易，却于平淡中包含着滋味，达到了前人所推崇的"淡而有味"的境界。

/李景新

本书名为《敢凭诗酒论湖山》，湖山在这里虽然不能完全代表江山万里、天下苍生，但也是入世有为的一种比拟。"记挂湖山情不改，平平淡淡水长流。"既有建功立业的豪情大志，也不失从容淡定的谦逊心态。得意不飘然，失意不黯然，胸襟与修为可见一斑。

/复　强

题封仪坊大圆桌

有茶有酒聚神仙,
知暖知寒不问年。
一转轮回天下事,
方圆之内有江山。

庚寅春封义哥邀坊友聚餐,以大圆桌命题。

"有茶有酒聚神仙，知暖知寒不问年。"封仪坊已开经年，五湖四海宾朋云集坊中已过经年。封仪大度，豪情万丈，茶酒饭相待不急时日，当世京城孟尝君无愧。史上有此诗相记，可报封兄厚情之一二。

/楚天舒

"一转轮回天下事，方圆之内有江山。"大物看小，是因为自身伟岸巍峨；高物看低，是因为视角由上俯瞰。能把大千世界浓缩于小小方寸之内，能从九霄云外淡看人世轮回，不是神仙是什么？说诗人有仙气，此言不虚也。

/复　强

坝上纵马

心底白云脚下山,

风雷起落任扬鞭。

人间天上逍遥地,

信马由缰一日还。

庚寅夏与众友同游河北坝上孤石军马场,家乡妹妹于玉玲骑术超群,纵马如飞,观者皆赞,赠诗为奖。

注 / 坝上草原位于河北省丰宁满族自治县,这里水草丰茂、气候温凉,是华北著名的避暑胜地。骑马是坝上草原最受欢迎的旅游项目。

"心底白云脚下山",诗人此时已天人合一,人间天上任逍遥,已无时空概念,千里万里,"信马由缰一日还"。好不快哉! /陈海云

题茅山别墅

腾云一去两千年,

虎踞龙盘尚有山。

大道于心天不远,

结庐峰下亦神仙。

庚寅秋于道教第一福地江苏句容,题赠兴建茅山别墅的王济武师弟。

注 / 茅山位于江苏省金坛市与句容市交界处,景色秀丽、林木葱郁,是著名的道教圣地。唐宋以来,茅山一直被列为道教"第一福地"和"第八洞天"。

此诗意境高远,音节安雅中和,颇有魏晋风度,让人心生泛舟五湖之情怀。"大道于心天不远,结庐峰下亦神仙。"心怀大道,地偏尘远,峰下神仙,何其快哉！　　　　　　　　　　　　/卫海波

新浪微博题图 之一

烟雨民居

桃源何处问真虚,
深浅飞檐云里居。
造化丹青不用墨,
只凭烟雨画长溪。

短短四句，一幅水墨画已跃然眼前。"桃源何处问真虚，深浅飞檐云里居。"濛濛烟雨、淡淡飞檐，站在桥上看风景的你，可曾看见楼上娇娘在绣花？那庐隐士在鸣琴？
/复　强

　　"造化丹青不用墨，只凭烟雨画长溪。"怡情怡性，造物天成，佳景成诗。
/楚天舒

新浪微博题图 之三

长堤水色

长堤水色画天成，
梦里红颜带伞行。
莫问情深谁与共，
人生何处不相逢。

"长堤水色画天成,梦里红颜带伞行。"依稀可见小青撑伞青山外,白娘漫步白雾中。梦中美人,翩翩如蝶,归来否?"莫问情深谁与共,人生何处不相逢。"诗人者,情种也。　　　　　　　　　　　/复　强

月夜观潮

万马奔来雷九重,

云墙玉碎雪山崩。

赤足一望心如海,

千里惊涛脚下平。

壬辰初春赴印度访问,于最南端海岸特里凡得琅夜观印度洋大潮,诗赠同团王维仲兄弟。

"万马奔来,云墙玉碎",状景如临,气势如虹。　　　　　　　/楚天舒

　　泰山崩于前而不变色,海啸起于后而不心惊。参与其中而不是置身事外,面对霹雳般的大潮从容不迫是一种体验,一种享受,一种幸福。
　　　　　　　　　　　　　　　　　　　　　　　　　　　　/复　强

题徐公牡丹图

冤攀富贵几千年,

红紫厅堂强作欢。

洗尽铅华还本性,

方知绝色在空山。

徐忠平老师所画牡丹,生于石山,开于溪水,脱之虚华,还之天真,亦色亦空,深得吾心,辛卯冬题诗以赠。

红紫厅堂，媚事权贵，乃以俗人之为冤枉牡丹之爱。保持山中本色，我不管你把我视为什么，我只管精彩在深山。诗题牡丹不与人同，独立自信不染烟尘，令人看到大隐于廷，心在南山的风采。　　/复　强

邕江畅饮

春风明月小鲜烹,
老友青山今又逢。
意气书生心不改,
一樽谈笑动江声。

癸巳春日于南宁江边大排档欢谈留诗赠李力兄

围坐烹鲜的是老友,春风明月、青山碧水也是老友,老友重逢,酒歌如故。"意气书生心不改",勃勃的个性依然那么鲜明,爽朗的笑声还是那么豪迈。友情,是一种发自心底的欣赏。人生至乐,莫若与同道中人放肆无忌地高谈阔论,知己知心知天下,"一樽谈笑动江声"。

/复 强

和孙老师茶禅诗

方寸壶天四海收，
茶禅一味复何求。
此心不染是明镜，
大道无疆天下游。

癸巳夏日于差旅途中

茶与禅自古便是文人雅士言论中不可或缺的主题，诗佛王维隐居辋川，饮素茶清斋，观急雨空林，留下无数名篇；苏东坡亦然，在金山寺与佛印饮茶论佛，成为千古佳话。品茶参禅是一种人生的境界，也是人生的觉悟。此诗将茫茫"四海"收于"方寸壶天"，是一种多么豁达的胸襟；沉浸于"茶禅一味"中又"复何求"，是一种淡泊人生的觉悟，也是一种人性的最率真流露。后二句化用《六祖坛经》中六祖惠能的禅悟之言，表达了诗人放迹四海、遨游天下的洒脱人生境界。纵览作者的诗作，有多首表达了这种达观人生。

/吕俊义

应四季对联诗

春弦风舞绿,
夏曲水流蓝。
秋笔云飘火,
冬图雪落寒。

新浪微博"唯美诗刊"以"春弦风舞绿"求对,回应成诗。

色彩斑斓，意境殊胜，全诗对仗工稳，仿佛有四季图景在眼前一一展开，"如画"二字不虚也。"水流蓝"用词尤其出人意料，"春夏秋冬"、"弦曲笔图"、"风水云雪"，竖读，也颇有情趣。　　/复　强

生日宴即席

半生岁月几行诗，

浪迹童心山水知。

富贵不名朋友重，

一杯天下正当时。

甲午本命年生日与刘永清、王峥、张道顺、李彬等众友同饮，即席而作。

对酒当歌，人生几何？"几行诗"、"山水知"，"富贵不名朋友重，一杯天下正当时"，此番对功名财富的超然洒脱，对朋友的情义千金，正是汤兄人生写照，也只有座上这些投契的朋友兄弟能体会吧。

/卫海波

我与云柯同庚，往往对一些事情能感同身受。此诗很值得玩味，这次本命年，"半生"已过，回想往事，留下的足迹是什么？留下的功绩是什么？唯有诗里湖山、兄弟情谊。虽然于功名利禄不居不名，但童心未泯（浪迹童心山水知），壮志如前（一杯天下正当时），此心依旧！如果说有变化，那就是更重朋友情谊，而不再有分别之心，富贵贫贱皆我宾朋。

/张林先

诗人在自己生日时与朋友们欢聚畅饮即席而作，写得既低调、淡泊、实在（人生已快过了半辈子，只不过就写了几行小诗而已；平生就爱游览山水，浪迹天涯，一片童心，只寄托在那名山大川之间），又豪气、风趣、欢快（虽然没有大富大贵，但有一群良朋知己，那比什么都重要；趁着这大好岁月、人生韶华，好友们欢聚一堂，举杯畅饮，大快朵颐，有说有笑，岂不快哉！）。

/李子迟

"富贵不名朋友重，一杯天下正当时。"朋友情谊，重比金玉。

/楚天舒

端午垂钓

碧山深处隐兰皋,

垂钓云溪心自陶。

日月不淹风骨在,

与君持酒唱离骚。

甲午年端午节与陈品亦兄同游广西灵山,持酒唱诗以赠。

注／《楚辞·离骚》:"步余马於兰皋兮,驰椒丘且焉止息。"兰皋,长满兰草的涯岸之意。日月不淹,亦出自《楚辞·离骚》"日月忽其不淹兮,春与秋其代序;惟草木之零落兮,恐美人之迟暮"。

诗人与朋友们寄情于锦绣山川之间，垂钓于南国大山深处的清溪流畔，又正值端午佳节，回忆起大诗人屈原，吟唱起《离骚》来，于是"兰皋"、"云溪"这些美丽的词句即脱口而出，"与天地兮比寿，与日月兮同光"。一边欣赏山水、垂钓待鱼，一边品尝美酒、吟唱古诗，这种生活是多么惬意啊！虽然日月不久留，人生只百年，但风骨常在、友情常在。此诗颇有陶渊明之风，平易真率，看似疏淡而实醇厚，境界高迈，情致悠远。

/李子迟

　　"日月不淹风骨在，与君持酒唱离骚。"相视而笑，莫逆于心。

/楚天舒

题赠九连山生态坊

柴扉鸡舍隐深山,
绿遍松竹峰九连。
曲径风来花自扫,
人稀尤可爱蓝天。

甲午夏于江西赣州

"曲径风来花自扫",意境不输唐人。深山掩柴扉,鸡鸣竹林间,碧空之下,风吹曲径,花瓣零落如尘,飘过如扫,下笔真有神!

/复 强

"曲径风来花自扫",清新淡雅,自然脱俗,诗画合一,诗眼。

/陈海云

"曲径风来花自扫,人稀尤可爱蓝天。"清新好句。　　/楚天舒

总评之一

红尘纵使能蔽日 总有心灵一片天

在一个没有诗意的时代写诗是件吃力不讨好的事情。官员每每觉得这是无病呻吟；商人大呼不如发我条"黄段子"来劲；老百姓脸上的表情大都可以解读为这是"吃饱了撑的"；当今所谓"文化人"则多将此举以沽名钓誉视之。

中国曾是诗的国度，诗一直被认为是大雅之事。如今诗境遇至此，可为世道一叹！

让人略感欣慰的是还有云柯这样的诗人，于诗至今痴心不改。身在红尘滚滚中摸爬滚打，心在诗情画意中浸润流连。这大概是云柯当下的人生写照。

云柯是我们家乡的才子，16岁上清华，从本科一直读到博士，是位功成名就的企业家。不过我们朋友圈更看重他的文人情怀。

云柯新旧体诗文俱佳，尤喜古体诗，依我看已经到了迷恋的程度，他七岁成诗，至今笔耕不辍，数量直追陆游。我在大学中文系教书三十多年，送诗集、发诗作给我的人很多。到目前为止，只有两个人我很欣赏，一是李景新教授，一是云柯。景新学的是这个，一直教的也是这个，写出好诗来不奇怪。云柯的成就一直让我有些讶异。

我一直认为，古体诗写得好，首先要有禅佛之心，或黄老之意。照当下的社会分层看，专家也好，企业家也罢，都在红尘里陷得很深。商人和诗人自古就是天敌！可是你读云柯的古体诗，唐风宋韵扑面而来。至少在吟诗的那一刻，云柯已经穿越到了唐朝。他是如何做到这一点的？

窃以为，如果挑出云柯诗20首，匿名放入《全唐诗》中，不是顶尖的专家一定看不出来。试举几例：

一叶轻舟水上风，春山花树几千重。归来已见炊烟起，摆酒渔家待钓翁。——《游乌金塘水库》

铁马烽烟久作尘，黄沙曾是万军屯。羌笛纵有春风度，一曲阳关犹断魂。——《过古烽火台》

尘外人家何处寻，一蒿碧水正逢春。芙蓉淡雾梳青黛，琴筑微波揽紫云。鬼斧玉簪白骏马，仙织罗带古诗魂。胸中万壑容天下，谢客风流始到今。——《漓江》

雄关落照画中诗，恰是登高怀古时。万里长城横大漠，几朝名将纵王师。路遥方解琵琶怨，风起犹闻战马嘶。莫论英雄多寂寞，千秋总有后人知。——《登嘉峪关》

可谓字斟句酌，音正韵谐，意境悠远，直追古人。

云柯的诗大略可以分成两类：一是"言志"诗；一是"怡情"诗。

从艺术的角度说，我以为写得最好的是"怡情"诗。

每一个从少年开始写诗的人，必然从"言志"诗开始，这是热血青年的标志之一，云柯也不例外。难能可贵的是，这份忧国忧民之心云柯一直保持到现在。这也是他的"言志"诗屡有佳作的原因。

从十六岁赴京求学的"此行千里求画艺，来日彩笔换河山"，到抗震救灾的"长笛祭天地，重整待山河"；从批评世博会劳民伤财的"每逢盛景惜民赋，不爱烟花蔽楚钩"，再到捍卫钓鱼岛主权的"论道何曾服寇小，还须长剑定金瓯"；无不透露出作者"心怀家国，志在千里"的远大抱负。云柯作为新时期中国知识阶层的代表，继承并践行了"五四"以来中国知识分子"实业救国"与"文化救国"两大夙愿。他的很多诗作是这种追求与抱负的深切表达。这便与经常见诸某些刊物的官员应景诗，在境界上有了根本的区别。

云柯的怀古诗颇多豪迈之作，也可以看成是"言志"诗的一部分：

此地胡王曾用兵，旌旗万马一时雄。兴衰霸业留青冢，血火功名化梵声。百洞清心远尘虑，千姿随意近人情。胸怀四海真佛性，了却纷纷皈大同。——《云冈石窟》

舞榭临安一梦遥，笙歌依旧水潇潇。偏安王气落白马，半壁衣冠哭

断桥。常念武词轻笔吏,每思文胆小侠豪。青山不肯随波去,闲倚钱塘待大潮。——《观南宋皇城遗址感怀》

云柯的"戏仿诗"也可以看作是"言志诗"的变体。尤其是几首以"打油"面貌出现,直击社会时弊的诗作,如《戏说二〇〇八》:"天灾俯卧雷九州,抗震金牌庆丰收。信誉奶牛跑跑范,精兵大部老虎周。熊猫房价阿扁股,猪很坚强人很忧。闲看豪门争嫁女,非诚勿扰打酱油。"如果对2008年的时局有比较多了解的人,读了此诗相信会发出会心的微笑。将这么多年度热点事件融入56个字中,且连接幽默巧妙,天衣无缝,作者的才情于是可知。

云柯的"怡情"诗,有大处着眼的,也有小处入手的。呈珠献玉,佳作多多。如《题金鞭溪》,颔联"拔地三千峰翡翠,蜿蜒八百水琉璃。"大气磅礴,壮丽之极。紧接着又写"潭开紫草青鱼跃,树荡猕猴白鸟疾。"恰似广角长镜头之后的特写。"紫草青鱼"看似信手拈来,而词意鲜活跳动。尾联奇峰突起:"幸有秦皇失醉酒,金鞭落处化神奇。"时空交错、想象瑰丽,深得律诗起承转合的真趣。

云柯的不少山水诗篇都深藏"浩然之气"而意境豁达。如"经幡风起连云动,万象天光一水知。"(《西藏印象之五》)"万古人生何所有，群山静夜满星天。"(《宿大明山》)"一尺素心何处寄，山中岁月海中天。"(《游天涯海角》)"万籁山河一镜中，风云出入成阴晴。"(《咏月》)"无风无雨登楼望，一轮明月一群山。"(《夏日》)等等诗句都大有太白遗风。

寄情于山水之间是中国诗人的传统。在古代多半是政治黑暗使山水风光成为诗人逃避灾祸的桃花源，在今天则主要是工业化带来的市场喧嚣污秽，让人思慕山水的清纯可爱。"红尘纵使能蔽日，总有心灵一片天。"虽写的是诗人海子，但谁说不是云柯自身情怀的深切流露呢？

摆脱功利的纠缠写诗，是诗的本然要求。好诗必定要在这种情境下出现。当诗人的位置不再被人仰望时，真正的诗人大概就要出世了。

我于云柯有厚望焉。

孙绍先

2014年8月于海南岛

总评之二 / 万古人生何所有 群山静夜满星天

云柯请我做诗评，本来没有胆量，但看了诗集名《敢凭诗酒论湖山》，于是就"敢"了。

云柯诗中用过好几次"敢"字，"敢凭赤手向狼舟"，"敢凭酒胆醉雄黄"等。当今社会，随波逐流者众，特立独行者寡。雷声大者众，下雨点者鲜。有理想者众，敢追求者少。云柯一个"敢"字当先，在如此纷乱的生活中，敢于跳出从众心理的漩涡，敢于"游居四海"，看淡名利，"平淡辉煌两任之"。

云柯的诗既有古人之风，更有现代的律动，还有全球的视野。如下是我的一些读诗体会：

云柯的诗很好看。好看有两层意思，一是容易读，二是诗句很美。云柯的古体诗用词绝不艰涩，很少拽词。读起来很流畅，如同欣赏Modern Classics一般。云柯的诗句很美。"芙蓉淡雾梳青黛，琴筑微波揽紫云。""溪水烟含花照影，奇峰翠抱鹤来游。""碧浪白沙千尺画，红霞飞鸟一天诗。"这些诗句无疑可以登堂入室，成为传世之作。

云柯的文字精湛，诗句新颖。云柯的文字修养主要体现在词的灵活运用上。如"条约城下铭国恨"的"铭"字，"万里长城横大漠，几朝名将纵王师"的"横""纵"二字，以及"三杯好酒趁梨花"的"趁"

字等都颇有新意。云柯的诗句跌宕起伏，思维收放自如，有很强的悬念感。使读者看完一句想看下一句，如同看完上联想看下联一样，也如同一幅幅徐徐展开的画卷。

云柯的诗歌技巧娴熟。读云柯的诗，能清晰地感觉到他技巧娴熟。有些题目是很难用诗歌来表达的，但他都游刃有余，比如：夜市，"夜市千灯暖碧宵，垂涎尤是烤鲜蚝。"烤串，"啤酒串香篝火红，沙滩夜色好秋风。"本·拉登之死，"魔道开合无胜负，人心向背有春秋。"保钓，"论道何曾服寇小，还须长剑定金瓯。"无论这些题材多么通俗和非常规，读者依然能感觉到扑面而来的诗本身的美。

云柯的诗很大气。"万古人生何所有，群山静夜满星天。""一览惺忪千古事，青山对面慰平生。""笑卧桃园观汉晋，渔樵诗酒自封侯。""一江碧水凭天赐，心有苍穹无限蓝。"这些诗句的时空跨度既有万古人生，亦有夜星满天，既有观秦汉，又有自封侯，从中我们不难看出作者的思维境界及其胸襟。

云柯的诗善用数字。云柯的工科背景也能在诗中看出端倪，数字用得比较给力。"三清不远平常道，一念心香上九重。""拔地三千峰翡翠，蜿蜒八百水琉璃。""一去瑶台隔万里""神仙半日品千年。"

等等。

云柯借诗言志。他敢于舍弃，敢于追求，他用自己的生命轨迹，用自己的诗作告诉世人还有另外一种活法，在物欲横流的社会里，为自己和他人拓展出一隅净土。"仙游四海怀儒念，俗卧京城有道心。把盏湖山轻富贵，奔波风雨重亲伦。""记挂湖山情不改，平平淡淡水长流。""青山不肯随波去，闲倚钱塘待大潮。""常凭诗酒回唐宋，拙守真情越古今。"

云柯的诗是弘扬传统文化的载体。天人合一的思想，儒释道的哲理频频出现在他的诗作中。"万象宾朋尽知己，一江风月两肩担。""但指人心见佛性，平常风物亦千秋。""洗尽铅华还本性，方知绝色在空山。""四季天生皆自在，冰心尤爱雪飘时。""玉液一杯千古事，兴衰都是好时光。""胸怀四海真佛性，了却纷纷皈大同。"这些诗句表现出作者传统文化的造诣已经达到相当的层次，很多哲思慧语能感觉到不是绞尽脑汁，苦思冥想得来的，而是从证悟而来，似乎得来全不费功夫，因此有着非同一般的感染力。

古人言，出力长力。承担下诗评这个"苦差"，其实收获最大的还是自己。如果不需要写诗评，我就不需要通读数遍，我也不需要圈圈点点，当然我也很难深入体会到作者的意境和哲思，我也得不到很多思维的碰撞和启发。在此，我要祝贺云柯，更要感谢云柯。从诗集中我能感到云柯生机勃勃的创造力，因此，我相信云柯会向社会奉献更多更美的诗作。

王世红

2014年10月于温哥华

总评之三 / 风流代有金兰事 不负韶华万古诗

接到知名文化策划人复强先生让我点评几首国诗的任务时，只是抱着捧场的心理，谁知读后一下子便陷入云柯的诗境里不能自拔！连续数日，只要有闲暇，就读上几首，越读越爱，越读越觉得与诗人很亲近。我与云柯至今虽未谋面，但并不感觉陌生。

最近人们对第六届鲁迅文学奖获得者、四川大学教授周啸天的国诗颇多非议。周诗我阅读不多，不敢忘议妍媸，但云柯的国诗确实是我近年来读到的最好的——高度，温度，质感，真诚，优美……这些词用在云柯的诗里都不为过。

这绝对不是恭维，诗路即心路！一首好诗应该具备哪些品质？我想真正优秀的作品，一定能引起大多数读者的喜爱和共鸣！而所谓的见仁见智，不过是一种审美的宽容而已。

好的诗首先缘于诗作者的良好心态。盐碱地上长不出红高粱，写诗的人心海里一定要柔情似水，血液一定要是春天的温度，视界一定要高迈澄澈！哪怕眼前冰封雪覆，透过北风他也能看到春天正在雪线下发芽；即使独行暗夜，他的目光会穿透云层，看到星星，看到黎明的方向，内心也是一派安详。从这个意义来讲，诗歌既不是殿堂里的供品也不是红尘中的点缀，诗人既不高雅也不酸腐，真正的诗人不会仰人鼻息更不会睥睨众生,同行的每个人他都会真心视为兄弟姐妹!

　　沧海一壶新酿酒,白云两袖旧相知。——《登山东蓬莱阁》

　　旷古离愁无寄处,红黄诗句写秋风。——《香山秋题》

　　一江碧水凭天赐,心有苍穹无限蓝。——《西藏印象之一》

　　莫问情深谁与共,人生何处不相逢。——《长堤水色》

　　开始读云柯的诗,我曾疑惑一个工科男怎么会如此敏感多情?读了他的写诗履历后,才知道他还是少儿时就已开笔,十六岁负笈清华园一路走来,更是诗心烂漫,诗路大开,并且多年笔耕不辍!这样看来,他写出这么多打动人心的诗句并不奇怪!他的许多诗真的写到了我的心里,他就是在替我说话!

　　好的诗还必须充满忧患意识,这种忧患绝不是忧伤叹息和怨天尤人的牢骚,而是对人对己对国对家对天对地对古对今深入骨头的疼爱和悲悯。"为什么我的眼里常含泪水?因为我对这土地爱得深沉。"(艾青语)"当世界忘记关心我时,就让我来关心世界。"(宋湛语,自恋一把)就是这个道理。

　　一个诗人如果仅仅写些风花雪月和个人的小情小调,哪怕他写得天花乱坠,也只是一种小抒情小夜曲!真正的诗人必须有高度的社会责任感,必须有对生活,对社会,对擦肩而过的每个人,包括对自己的担当!云柯的诗,我读出了春天的温度,读出了夏天的雷鸣电闪,他关注国计民生,关注人心世态,关注生态环境,我读出了他在用诗意荡涤时代的污浊。

位卑未敢忘忧国!当别人都沉默的时候,总得有人说说话。云柯就是一直用他的诗在"说话"。这种声音哪怕多么微弱,在我听来都是天籁之音!

安居草贱忧天下,不入权达做苟营。唯有诗心能告慰,寒来犹见此山青。——《新年祭父母》

每逢盛景惜民赋,不爱烟花蔽楚钩。玉殿龙舟皆逝水,人心千古大江秋。——《世博会观感》

常念武词轻笔吏,每思文胆小侠豪。青山不肯随波去,闲倚钱塘待大潮。——《观南宋皇城遗址感怀》

高山低谷半生路,平淡辉煌两任之。千里单刀唯义重,桃花潭水只情痴。——《新春兄弟酒会》

这些带着灵魂热量的诗句,让我想到一个仰望星斗、思考低吟的诗人形象,让我感到世界的信心和力量——"红尘纵使能蔽日,总有心灵一片天。"当所有的人都走向成熟圆润时，云柯，我愿意与你一起继续"愤青"！

联想到我们的时代，我想起赫尔岑一百多年前对当时的苏联的评判："也正是这十五年毁灭了两代人：年老的一代胡作非为，虚度一生；年轻的一代从小即被毒害，我们至今仍能看到它那醉生梦死的代表者。"评判虽然尖刻逆耳，但今天听来仍是那么深刻和震耳欲聋！我们的时代如何？我们刚刚过去的十年二十年如何？相信每一个有良知的人都会做出认真反省！贪婪腐败，巧取豪夺，公平缺失，这些都没有什么，最终都可以关进笼子。真正可怕的是对一代乃至几代人灵魂的毒化！我们这个时代，最让人担心的是对金钱权力赤裸裸的崇拜，是对文化礼义的公然藐视，是以得失为行事原则的市侩习气越来越成为习惯，是老气横秋平庸乏味自甘沉沦的犬儒主义成为社交原则甚至社会关系，是整个社会失去青春朝气而显得暮气沉沉。

一个将是否拥有权力和金钱作为标准来判断人高下尊卑的社会，一个不尊重文字、思想的社会，不可能友善文明，不可能公正和谐！云柯的诗一直在试图拨开迷雾，还人们一个澄清的世界。也许微不足道，但至少他做出了精神上的努力，知我者谓我心忧，这就足矣。

好的诗，语言和意境也必须是优美的。

十年一梦旧时游，把酒菊黄又立秋。——《立秋遥寄》

知有无涯称不惑，胸怀大道自欣然。——《重登五台山》

溪水烟含花照影，奇峰翠抱鹤来游。——《黄姚古镇》

人生多有春风日，小院重来饮桂花。——《题青岩古镇》

  随意撷取云柯诗集中的句子，都是那么清新自然赏心悦目。对于国诗，现在有两种极端，一种是直白打油体，想写啥写啥，想咋写就咋写，说白了就是顺口溜，这个当然不足取；另一个就是用典晦涩，死守格律。现在人们进入匆忙时代，谁还有时间和耐心破译你的生字生词生寓意？所以，国诗一定要少用或不用生僻字词，也尽量少用典故和掉书袋。至于格律，我个人的浅见是，能严格更好，但也不必完全拘泥于平平仄仄的形式，古人都反对以词害义，我们今天又何必因小小声调而影响内容？我想，大家可以读读云柯的诗，像他这样行云流水一样地放纵思想，把国诗写得真实可亲，又合辙押韵，朗朗上口，就非常美妙了。

  读着云柯的诗，我想到，时光就这样流逝而去，一个人的生命有限，我们做了些什么？我们留下些什么？也许什么都没有，也许微不足道。但在坚硬麻木的功利社会，云柯还没有完全丢失温暖的理想主义，他一直坚持写着！他在试图找回和使用诗歌的力量！当然，一个诗人不可能用他的诗改变世界和生活，但他可以用诗意唤醒人们对世界的诗意认识！

在当下社会，写诗不可能带来世俗认可的利益，那么，一个人坚持写诗的动力一定是来自内心的驱使。大浪淘沙，越是在这样的环境里，还坚持书写心灵的人，也就越发可贵。从某种意义上来说，云柯的诗歌就是自然风俗画卷和心灵史！他在用诗意培本性，种善田，养浩气！缀上一首小诗，表达我对诗人云柯的敬意：

秋夜细听百虫鸣，仿佛沙沙落笔声。虫吟霜色怜衰草，笔走血脉歌大风！

揾热碧海滔滔浪，报答苍生耿耿情。仰头云散参北斗，无悔人生点心灯！

宋湛
2014年秋于山东威海

附一 成长轨迹

编者按：作者读书期间主要写新体诗，古体诗尚显稚嫩，但也是一个时代的真情留痕，值得一读。这里从作者上初中到大学毕业的作品中选出几首作为附录，供读者参考古体诗写作的成长经历。

四季咏

(十二岁)

春染千山绿,
夏映万水蓝。
秋点高天远,
冬打大地寒。

人生

(十三岁)

今朝春水明朝秋,
滔滔春水向东流。
人生一世如一日,
清早出门晚归楼。

电影《苦果》观后

残烛泪尽夜森森,
贤姊待弟胜娘亲。
娇玉不琢成何器,
一颗苦果碎冰心。

题画

(十四岁)

莹莹白雪玉千山,
碧松黄簇共琼烟。
疑似仙所寻无见,
一房潇洒半山间。

1980年11月,父亲同事以《中国青年》23-24期封面画为考题,命作。

诉衷情贺女排首夺世界冠军

（十五岁）

女排捷报慰神州，
喜泪庆丰收。
金杯手举何易，
血汗写春秋。

学众女，
赶先游，
上高楼。
举国同奋，
前路扬鞭，
伟愿当酬。

临别

此地一别各前程，
高帆秀水入江风。
青山九土天涯处，
何日再有同窗情。

入京求学

（十六岁）

依依拱手谢家园，
一夜飞车过大关。
长城自古多明月，
跋涉前程有阳川。
立得子胥男儿志，
含辛三载楚歌还。
此行千里求画艺，
来日彩笔换河山。

1982年8月29日，十六岁首次孤身离家赴清华大学报到，夜过山海关，作于锦京列车之上。

周末登香山

落叶行秋闲乘马，
风吹大路上香山。
不爱随歌厅中舞，
登高乐卧红树天。

春望

(十七岁)

千里荒芜绿依稀,
高雷无奈紫云欺。
韶晖欲照青天少,
恶草偷流稻苗低。
登望有情愁春事,
请缨无力日闻鸡。
晚楼宽语对明月,
葱翠关河会有期。

作业打油诗

终日春窗柳絮飞,
裁题无误月光归。
闲图几略规尺画,
何须为此不得A?

1983年5月,物理作业结果正确,但屡因示图草简而得B+,戏题一首夹于作业本内,此后成绩遂皆为A。

渔歌子登八达岭

万古风云势愈威，
烽烟旧业存史碑。
将放眼，
竞神飞，
高台酹酒谁与归？

寒假记事

牖外冰风梳晓烟，
斜阳思绪水接天。
芙蓉欲晓春不度，
忍拒真情上书山。

1984年2月，当时大学二年级，与同时代很多人一样，学业未成，无暇恋爱。

夏夜

（十八岁）

盛日思学苦，
偷闲朗夜行。
风荷池柳暗，
水月岸石青。
荒草帝王殿，
寒钟学者亭。
悠悠往事去，
独有无限情。

1983年6月，水木清华池塘为咸丰题匾的清华园后园，塘内遍种荷花，池边建有朱自清先生和闻一多先生纪念雕像及钟亭。

登鹫峰抒怀

叶落云高秋景阔，
携峰北望意嵯峨。
关河廖阔乡思远，
世态空蒙怅感多。
千古英魂埋沙场，
一腔热血驾长车。
黄龙何日飞极顶，
四海同吟大风歌。

偷闲

丁香脉脉晚袭人，
半入书屋半入云。
万事心宽皆自得，
独哼小曲亦逍魂。

小舟无赖

尽道登临春景多，
谁来飞桨斗沧波。
风吹浪立山应矮，
小舟无赖自放歌。

1984年6月，于昆明湖大风中划船而作，后因此诗被校文学社诗友送绰号"小舟无赖"。

校园漫步

碧树杂花雨初晴,
石阶轻履踏蝉声。
有暇书外偷春色,
无意诗情送晚风。

登泰山

(十九岁)

欲寻杜翁句,
谈笑骑东神。
雄峰出云海,
朗日挂天门。
雾影千山断,
蝉鸣万壑深。
最爱登高处,
肝胆照乾坤。

1985年7月16日,与同学游泰山而作。

咏月

万籁山河一镜中,
风云出入成阴晴。
牵挂人间多少事,
清光夜夜到天明。

百花山

五月晴阳正纷飞,
轻骑百里走翠微。
山光朗朗云天阔,
溪水淙淙百花回。
敢笑流云追紫气,
随意狂歌唱春雷。
心顽自有青山会,
足迹深浅做路碑。

烟台小驻
（二十岁）

一夜风尘走碧涛，
书香小院卧征劳。
楼屋秋水洗宝镜，
笑靥春花动良宵。
蓬岛三天情眷眷，
京都千里梦遥遥。
学成有谢神州日，
再与诸君共海潮。

1986年7月，本科毕业实习途经烟台，入住海边文教局招待所，风景与服务俱佳，临行留诗以谢。

夏日

时看诗书时看天，
如痴如醉又如闲。
无风无雨登楼望，
一轮明月一群山。

附二 / 一九八二 行者如歌

清华大学1982级毕业二十年纪念专刊卷首词

编者按：如作者所言，一个时代的历史，首先是一代人的成长过程；一个时代的人文精神，首先是一代人的真实记忆。本文是作者为2007年清华大学《水木清华》校庆纪念专刊所写的卷首词，从中可以深刻了解20世纪80年代初那一代大学生的成长和追求，也有助于理解和品评作者的诗作。

风雨二十年，四十不惑之后，我们再聚清华。

我们拥有共同的母校，拥有共同的青春记忆，拥有共同的心灵家园。

我们拥有共同的名字：清华一九八二。

一个时代的历史，首先是一代人的成长过程；一个时代的人文精神，首先是一代人的真实记忆。

一九八二是传承的一代。

我们承继了七七级至八一级老大哥们强烈的社会责任意识和"把耽误的时间夺回来"的拼命学风，甚至他们相对保守的言行准则；我们也开启了八三级以后的兄弟们鲜明的独立思考意识和务实求新的学习精神，甚至他们略显轻率的创世冲动。如果说前辈们更懂得以史为镜，后辈们更长于规划未来，我们则更重视善待今天。

一九八二是求索的一代。

在中国的变革摸着石头过河的时候，我们也在摸着石头成长。在学习、工作乃至生活的模式上，如果说前辈们是"跟"，后辈们是

"创",我们则是"寻"。我们经历了解放也经历了迷失,体验了优越也体验了失落,我们知道苦也知道甜,至今仍坚信只有付出努力才能够先苦后甜。

一九八二是丰富的一代。

二十年中国的飞速发展使每个人职业生涯的跨行业跨地区变化成为可能,使每个人的生活更加多彩成为现实。二十年前的清华学科设置远没有今天丰富全面,但在今天,几乎所有的行业,甚至所有的国家都找到一九八二的身影。如果说前辈们有更多的专家学者和管理干部,后辈们有更多的商业精英和国际人才,我们则因顺应变革而不拘一格,成为百花齐放的一代。

一九八二是幸福的一代。

上下五千年,没有多少人有幸一生都生活在和平发展的时代,并且在祖国快速进步的时候正当年轻。我们比上一代和下一代都更幸福,父辈们年轻时吃了太多的苦,晚年时已习惯性地不会享受,子辈们从小就没吃过苦,身在福中却不觉得有什么值得"没事偷着乐"。

一九八二的身影是变革强国时代的直观映像，一九八二的足迹也是转型期社会的多彩烙印。

"自强不息，厚德载物"，不管生命中有多少不能承受之轻，不能放弃之重，我们始终铭记着母校的教诲，从我做起，从现在做起，从小事做起，从今天做起。

"为祖国健康工作五十年"，母校的要求我们刚完成不足一半，二十年前是我们学习的黄金时代，今天正是我们事业的黄金时代，我们比二十年前更稳健更平实，但我们青春犹在，豪情犹在。

一九八二，我们前有古人，后有来者，我们比"古人"更豁达更随意，比"来者"更厚重更坚强，我们既不崇高也不媚俗，我们会使自己越过越好，会使国家越变越强，会使母校为我们骄傲。

一九八二，行者如歌，步法飘忽散乱，内心坚如磐石。

汤云柯

（清华大学热能工程系1982级）

丙戌冬夜写于差旅途中

附三 / 点评者简介

陈海云：文化与历史研究学者，诗人，原建设部部长办公室秘书，中国市长协会秘书长助理。长期关注国家战略，主持并发起由国家部委、在京高校有关专家参加的高端国家战略论坛，汇集成册了大量有关国家战略的研讨文章。

楚天舒：生于湖北蕲春，诗人，影视人，中国作家协会会员，海南作家协会会员。CCTV老故事频道原项目总监，北京新影春秋影视文化传媒有限责任公司总经理，中国诗人俱乐部总发起人、副主席兼秘书长。出版有《海南青年作家三人选》，个人新诗集《我从天上看人间》，旧体诗集《采来天上作人间》，策划主编有中国诗人俱乐部年鉴《大诗歌——中国诗人俱乐部作品集》等。

复强：内蒙古赤峰人，北京星纳传媒公司总经理，作家、导演、摄影家。历任中央电视台、北京电视台等单位编导、记者，著有《百王之王》《成名指南》等作品。

李景新：安徽萧县人，号望坡居士。琼州学院人文社科学院教授，琼州学院学报主编，中国苏轼研究学会理事，中国书法家协会会员，中华诗词学会会员，海南省文艺评论家协会副主席，海南省楹联学会副会长，海南省书法家协会理事，海南省作家协会理事。著有《天涯孤鸿苏东坡》《中国古典诗歌体裁的理论与实践》《居琼诗稿二集》等。

李子迟：原名肖飞，湖南祁东人，中国人民大学中文系毕业，自由撰稿人，影视出版文化项目策划人，多个大学兼职教授和导师。著有长篇小说《屈家冲》《国药准字》，杂文随笔集《大学该怎么读》《大学校园里的"第四只眼"》，传记文学《涛起涛落：张国焘的悲剧人生》《多情爱因斯坦》《清华百年演义》，社科读物"毛泽东品评四大名著"系列、《太平天国十四年》《千年海盗》等六十余部。

吕俊义：祖籍山西河曲，内蒙古师范大学文学学士、内蒙古大学法律硕士，经济师，民商事仲裁员，先后在师范院校和市、县政府工作，爱好文学、写作、经济、法律，参与著述书籍十余部。

宋湛：内蒙古赤峰市人。写诗多年，创作现代体诗六千多首，古体诗词近千首。现供职于威海报业集团，任《威海晚报》执行副总编辑。

孙绍先：辽宁锦州人，国务院特殊津贴专家，原海南大学文学院院长，海南省文联副主席，海南省作协副主席，海南大学学报文科版主编，教授。出版有著作十余部，论文一百多篇。

王世红：毕业于北京大学国家关系学院，中国行为法学会常务理事、中国高教学会常务理事，秘书学专业委员会会长、北京黄埔大学董事长。北京高等秘书学院董事长兼院长、美国巴尔的摩市荣誉市民、加拿大里贾纳大学访问学者。

卫海波：祖籍山西运城，毕业于首都师范大学历史系，北京大学历史系EMBA。1998年投身于印刷事业，以"文印理念"的实践在印刷行业内独树一帜。现为北京盛天行健艺术印刷有限公司董事长，中国青年企业家协会常务理事，中国印刷行业协会理事，北京印刷学院客座教授，上海东方爱心基金会理事。

张林先：中国人民大学哲学博士，长期从事公司组织与领导力研究，出版《公司管理的哲学》《公司诸相说》，现为《管理智慧》自媒体创始合伙人。